エリシア
黒龍
フェイド
アゼッタ

グレイ
レイ
イレーナ

勇者断罪

~ギフト《闇の力》が覚醒した俺は
闇の軍勢を率いて魔王と共に
勇者と人類に復讐する~

CONTENTS

プロローグ

――勇者によって家族が殺された。


「母さん、今日の夕飯はなにー？」

「今日は川魚の塩焼きよ」

「やった！」

喜ぶフェイドは今年で十四歳。

この世界の成人年齢は十八歳であり、十四歳のフェイドはまだまだ子供といえた。

「母さん。父さんは？」

「ごめんね、お父さんまだ帰ってきていないから待ってね」

すると、タイミングよく玄関ドアが開いた。

「ただいま」

そこにはフェイドの父、ハンスが笑みを浮かべて立っておりフェイドは勢いよく抱き着く。

「父さん、おかえり！」

「ただいまフェイド、アンナ」

「お帰り、あなた。今日はいつもより遅かったのね」

アンナは帰ってきたハンスの、考え込んでいる表情を見て尋ねた。

「何かあったの？」

「少しな。食べながら話そう」

狩りと村の周辺警備がハンスの主な仕事なので、村周辺の変化には誰よりも敏感だ。

食事をしながらハンスは今日あったことを話す。

「森で狩りをしていたのだが、魔物が異様に少なかった」

「魔物が少ないのは良いことじゃないの？」

この世界には動物とは違い、魔力を持った存在がいる。スライムやゴブリン、オーガなどといった魔物が代表で挙げられる。

「フェイドの言う通り、魔物が少ないのは村の危険が減るからいいことだ」

ハンスは「だが」と続けた。

「急に魔物が減るのはよくあることじゃない。そこには必ず〝原因〟がある」

「原因？」

「その原因が分かれば良かったのだが……」

俯《うつむ》くハンスはその原因が何かを考えるも何も分からない。

「考えすぎとかじゃない？」

「最近、少し疲れているのかもしれない」

「今日は早く休んだらどう？　明日も仕事なのでしょう？」

「だな。そうしよう」


翌朝、フェイドはアンナの畑仕事を手伝っていた。

そのまま夕方になり家に帰ろうとした時、村の出入り口からぞろぞろと、武装した騎士達《たち》が現れた。

その先頭にはフェイドの父、ハンスの姿があった。

ハンスは騎士達の先頭に立つ男へと向き直る。

「勇者様。こちらが私の暮らしている村になります」

「案内ありがとう」

すると、普段見ることのない騎士達がやってきたということもあり、村人が集まり始めた。

ハンスに勇者と呼ばれた赤髪の男が一歩前に出て口を開いた。

「私は『七勇者』のグレイ・ヘウレシス。現在『祝福《ギフト》』持ちを探している」

祝福《ギフト》とは強力な能力、力である。

グレイの言葉に初老の男性が一歩前に出て口を開いた。

「私はこの村の村長をしている者です。勇者様の言う祝福《ギフト》持ちがいるかは分かりません。祝福《ギフト》持ちを集めてどうされるのですか？」

「魔王軍と戦うための戦力とするのだ。祝福《ギフト》持ちは極めて数が少なく、持っているだけで、一般兵が十人倒すのに対して、一人で百人倒すことができる」

「なんと……」

「どうか人類を救う為に協力してほしい」

グレイが頭を下げたのを見て、騎士達も同様に頭を下げた。

ここまでされたら断るわけにはいかない。

そもそも、これは人類を魔族の手から守るためなのだ。

村長が振り返ると、全員が納得したのか「協力すべきだ」と声を上げる。

頷《うなず》いた村長はグレイに向き直る。

「勇者様。それに騎士の皆様も頭をお上げください。どうか私達に協力させてください」

「助かる。では、村のみんなを集めてほしい」

「分かりました。とはいっても、もう住人のほとんどが集まっていますが……」

フェイドが住むこの村の人口は五十人にも満たない。

しかも辺境の村に勇者が来ているとなれば人が集まるのも当然だ。

その後、住民は指示されるがまま一人一人が小さな石板に手を乗せて、祝福《ギフト》があるかの確認作業を行っていく。

フェイドと両親の順番は最後だ。

「やはりこの村にも祝福持《ギフトも》ちはいないか」

フェイドの順番が近くなり、ちょうど騎士同士の会話が聞こえてきた。

「祝福持《ギフトも》ちは希少な存在だからな。そう簡単に見つかるはずがない」

「だけど上からは、見つけても危険な祝福《ギフト》だと判断したら殺《や》れと命令されている」

「俺はそれが唯一の楽しみでもある」

そのような会話の後、クスクスと笑い声が聞こえてきた。

何を話しているのか理解できないフェイドだったが、それは周りの村人も同じようだった。

「そこ。それ以上は喋《しゃべ》るな。場所を考えろ」

「す、すみません！」

騎士達の中で上官だろう男が話していた騎士達を注意する。

それから少ししてフェイドと両親の順番が回ってきた。

「あの、祝福持《ギフトも》ちだって、どうやったら分かるんですか？」

村の人から祝福持《ギフトも》ちだという反応がなかったので尋ねたのだが、そんなフェイドの質問にグレイは爽やかな笑みを浮かべて教えた。

「祝福持《ギフトも》ちの場合、この石板が光り輝き、そこにどのような祝福《ギフト》なのかが出てくる」

ハンスとアンナが石板に手を乗せるが輝くことはなかった。つまり二人は祝福持《ギフトも》ちではないということになる。

「では君で最後だ」

「は、はい……」

フェイドはゆっくりと前に出て、恐る恐る石板へと手を乗せる。

光らないと思った次の瞬間、石板は強く光り輝いた。

「――これはっ!?」

グレイのみならず、両親や村人、騎士達からも驚きの声が上がる。

当の本人であるフェイドはというと、何が起きたのか理解できていない。

「あ、あの……?」

困惑していると、グレイが両手でフェイドの肩を掴《つか》んだ。

「喜ぶんだ！　君は祝福《ギフト》持ちだ！」

これで多少は戦いが楽になる。

勇者とその取り巻きは誰もがそう思っていたが、グレイは現れた祝福《ギフト》の名前を見て息を呑《の》んだ。

それもそのはず。

フェイドが持っていたのは、魔族が得意とする闇系統の祝福《ギフト》だったから。

授けられた祝福《ギフト》の名前は――【闇の力】。

グレイは相談することがあると言って、騎士達を集めて話し合いが行われていた。

一方村人達はというと、フェイドを囲み喜びの声を上げていた。

自分達の村から勇者達と一緒に戦い、人類を救うことができる力を持った者が現れたから。

だが……


——現実はそう甘くはなかった。


話し合いが終わると、騎士達が村人を取り囲んだ。

武装した集団に囲まれているにもかかわらず、村人達は疑念など抱かず未《いま》だに喜んでいる。

グレイがフェイドへとゆっくりと歩み寄って尋ねる。

「君、名前は？」

「フェイドです」

「そうか、フェイドというのか。君の祝福《ギフト》は闇の力で大変残念だ」

「闇の力……？」

「それに何の問題があるのでしょうか？」

闇の力と聞いてもよく理解できないみんなを代表してハンスがグレイに尋ねた。するとグレイの表情から笑みが抜け落ち無表情となる。

「知らないのか？　魔族がどのような力を使うのか」

雰囲気が変わったことでハンスは息を吞む。

「魔族が、ですか？　聞いた話によると闇魔法を得意としていると――まさか!?」

グレイがハンスの言葉を肯定するように頷いた。

「そう。魔族と同じ、ということだ」

「……え？　僕が魔族と同じ？　嘘《うそ》、ですよね……？　嘘だと言ってください！」

信じられないとばかりにグレイにしがみ付いて抗議する。

村のみんなも戸惑っている。

「嘘だと言ってくださいよ！」

グレイは残念そうに首を横に振る。

「残念だが事実だ。それに、このままその力を野放しにしておくのは人類にとって、とても危険だ」

「え？　き、危険……？」

するとハンスがフェイドと勇者の間に割って入り、庇《かば》うように立つ。

「勇者様、それはあまりにも言いすぎではないでしょうか？　うちの息子が闇の力を持ったから何だというのですか？　この子も人間です。敵になるようなことは決してありません」

グレイからハンスに向けられる視線がより一層冷たくなる。グレイだけではない。周りを囲む騎士達からの視線も冷ややかで口元には怪しい笑みが浮かんでいた。

「言いすぎではない。現に国王陛下及び連合軍の総意で、魔族に与《くみ》する力、あるいは今後危険となる力を有した者は殺害するようにと厳命されている」

「殺害……?」

「私は連合軍や王国がそんなことをしたという話は聞いたことがないです！」

グレイは「当然だ」と鼻で笑う。

「そんなことをしたと広まれば王国のみならず、連合軍は信用を失うことになる。だからこうしているんだ」

グレイが少し挙げた手を下へと降ろす。

すると、周囲を囲んでいた騎士達が一斉に鞘《さや》から剣を抜き放ち、近くにいた村人を斬り始めた。

血が地面を赤く染め悲鳴が響き渡り、辺りは瞬く間に地獄絵図と化した。

「や、やめろぉぉお！　それでも勇者なのか！」

ハンスは持っていた剣を鞘から抜いてグレイへと切っ先を向ける。

グレイは口元を歪《ゆが》めて「ククッ」と笑う。

「ああ。俺は勇者だとも。だが、弱者を一方的に嬲《なぶ》り殺すのもこれまた楽しい」

「常軌を逸しているな。そっちが本性か！」

「何とでも言えばいいさ。どうせお前達はここで死ぬ運命なのだから気にすることじゃない」

「フェイド、お前は逃げろ！」

フェイドは突き飛ばされるもハンスの方を振り返って叫ぶ。

「父さん！」

「いいからお前は母さんと逃げ――っ!?」

ハンスの右腕が斬り飛ばされて血飛沫《ちしぶき》が噴き上がった。

「ぐっ……」

「父さん！」

「あなた！」

傷口を押さえて地面に膝を突く。

「戦いにおいて油断は禁物だ。まあ、これは戦いではなく遊びだが。クククッ」

押さえても血はダラダラと流れ出し、このままでは死ぬのも時間の問題。

それでもハンスは立ち上がって落ちた剣を拾って構え、フェイドとアンナの方を見る。

「俺のことはいい！　二人は逃げるんだ！」

「でも！」

「いいから早く逃げろ！」

「この俺を前に逃げられると思っているのか？」

ハンスが強く剣を握り締め、フェイドと妻であるアンナを庇うように立ちはだかる。

グッと痛みを堪《こら》えるハンスは、グレイへと剣先を突き付けた。

「おいおい。村人が何のつもりだ？」

「何って、家族を守るために決まっている」

「実力差は明らかだ。勇者を相手に祝福《ギフト》を持たない村人が勝てるわけがない」

ハンスの勝算は限りなくゼロに等しい。

「そんなの関係ない。たとえ相手が勇者だとしても、愛する家族を守るためならどんな相手でも戦う」

「まったくもって、素晴らしい正義だ。誇るといい」

「あなた！」

「二人だけでもいいから早く、早く行け！」

躊躇《ためら》う表情を見せるアンナに、ハンスは怒鳴るようにして再度叫んだ。

「いいから早く逃げろっ!!」

そしてハンスがグレイへと斬りかかったが、その間に騎士が割り込んだ。

「邪魔だ、どけ！」

「なっ!?　がっ……」

ハンスは立ちはだかった騎士の攻撃を躱《かわ》して一太刀《ひとたち》で斬り伏せる。

その光景を見てグレイから感嘆の声が漏れ出る。

村人が騎士を倒せると思っていなかったのだ。

「へぇ……田舎者《いなかもの》にしてはやるようだな」

「伊達《だて》に魔物を相手にしてないからな。手負いだからって油断すると、そこの部下のように痛い目を見るぞ」

そう言って地面を蹴ってグレイへと斬りかかったが避《よ》けられ、脇腹を蹴り飛ばされ地面を転がる。

「がはっ……！」

転がったハンスがゆっくり見上げると、周りの村人が次々と殺されており、全滅も時間の問題だ。

それでも、フェイドとアンナが包囲から抜け出したのを確認して安堵《あんど》する。

「そんなに妻と子供が気になるか？」

グレイが手のひらを逃げる二人の背へと向ける。それ見て何をするのか察したハンスは叫んだ。

「や、やめろぉぉぉお！」

後の展開が脳裏を過《よぎ》ったハンスは、自然とその間に向かって駆け出していた。

そのままグレイへと斬りかかるも弾《はじ》かれて無様に地面を転がる。

歩いてくるグレイはその前で立ち止まると、ボロボロになったハンスの腹部に剣を突き刺した。

「――がはっ……！」

口から血が溢《あふ》れ出し、剣が抜かれたことで傷口からも血が流れ出る。

腕も失っており、今すぐに治療しなければあと数分の命。

「最後だ。死ぬ前によくその目に焼き付けておけよ」

「やめ、ろ……」

ハンスを阻止しようと手を伸ばすが届かず、無慈悲にも魔法が放たれた。

放たれた火球がアンナとフェイドの背後に迫る。

「――逃げろ！」

最後の力を振り絞って叫んだ言葉にアンナが振り返った。

迫る火球よりも、ハンスが血だらけで倒れているのを見て悲しそうな表情になる。

だが最後の力を振り絞って放たれた最愛《ハンス》の言葉を無下にするわけにはいかない。

せっかく命を賭して稼いでくれた時間なのだ。決して無駄にするわけにはいかなかった。

「フェイド、あなただけでも！」

アンナはフェイドの背を強く押してその場から突き飛ばした。

背中を押されたことでフェイドは無事であったが、背後に熱を感じ悲鳴とも言えない声が聞こえて振り返った。

背中が焼け焦げ俯《うつぶ》せに倒れるアンナの姿が目に入り、奥には血だらけで倒れているハンスの姿。

「母さん！　父さん！」

「いいから、今は逃げるんだ……！」

「フェイド、あなただけでも逃げて……！」

二人は苦痛に顔を歪ませながら、それでも我が子の前だからと懸命に笑みを作る。

地面に膝を突いて涙を浮かべるフェイドの頬《ほお》へとアンナは右手を添える。

「母さん、父さん……」

ついに目尻に溜《た》まった涙が流れ落ちて地面を湿らせる。

そんなフェイドにアンナは優しく微笑《ほほえ》み、告げる。

「フェイド、元気でね」

力を振り絞りゆっくりと立ち上がったアンナはフェイドを立ち上がらせ背を押した。

「逃げなさい！」

そして逃げようとしたフェイドの正面に騎士が立ちはだかり笑みを浮かべていた。

騎士の持つ剣からは血が滴り落ちている。

「あ、あぁ……」

フェイドは恐怖で声にもならない声を上げる。

騎士がフェイドを蹴り飛ばした。

「かはっ!?」

地面に転がったフェイドをグレイが髪を掴み上げて顔を上げさせた。

「ほら、よく見ろ。お前の大切な人たちが殺されていく様をな」

フェイドの瞳に最後の村人が殺された場面が映り込む。

そして、今にも死にそうな両親の姿が目に入った。

「父さん、母さん！　は、離せ！」

暴れ藻《も》掻《が》くが勇者を相手に子供のフェイドが力で勝てるはずもない。

グレイはフェイドに告げる。

「これでも勇者だ。最期の別れの時間くらいはやる」

グレイの手のひらに炎が灯《とも》り二人へと向けられるも、ハンスとアンナはいつもの優しい笑みを浮かべる。

「フェイド、すまない……お前の成長を、最後まで見たかった……」

「愛しているわ。どうか、幸せに生きて……」

グレイの口元が吊《つ》り上がり魔法が放たれた。

「やめろぉぉぉぉぉぉぉお！」

静止の叫びも虚《むな》しく、無慈悲に放たれた炎が着弾して大きな火柱が天を衝《つ》いた。

魔法が着弾する寸前まで、二人はフェイドへと優しい笑みを浮かべていた。

程なくして、そこには黒く焼け焦げた父と母の姿があった。

グレイに掴まれていたフェイドは投げ捨てられ、黒く焼け焦げた両親だったものの近くへと転がった。

周囲を見渡し、現実を目の当たりにした。

無惨に殺された悲痛な表情の村のみんなと、黒く焼け焦げた両親の遺体。

「この惨状はお前が作り出した」

「僕の、せい……？」

「そうだ。お前がそのような祝福《ギフト》を持っているからみんな死んだ。誰もお前のことを助けてはくれない」

フェイドは両方の手のひらを地面に突き、強く握り締める。

ポツポツと雨が降ってきた。

降り始めた雨が次第に勢いを増していく。

僕のせいなのか？　僕のせいで父さんや母さんが死んだのか……？

グレイに言われたことを脳内で何度も何度も繰り返す。

そして二人が最期に見せたいつもの優しい笑みを思い出したことで、フェイドの中に黒い何かが芽生え渦巻く。

僕のせいなんかじゃない。あれもこれも、すべてこいつらがここに来たからこうなったんだ。許せない……

優しくしてくれた村のみんな。

そのみんなが無残に、理不尽に殺された。

誰に？

そんなの決まっているではないか。

――アイツが僕からすべてを奪ったんだ……！

心の中で渦巻いた黒い何かが大きくなり思考を、感情を黒く塗り潰す。

「許せない……」

「はっ、何が許せない？」

小さく呟《つぶや》かれたその言葉はグレイの耳へと届いていた。

フェイドの前へと立ったグレイは髪を掴み上げその表情を見るが、思わず手を放して後退《あとずさ》った。

「な、なんだ、その目は！」

思わず聞いてしまった。尋ねてしまった。

グレイが見たフェイドの目は、憎悪と復讐《ふくしゅう》の灯が宿っていた。

フェイドは、グレイの質問には答えずただずっとブツブツと呟く。

「――ない……さない。許さない許さない許さない許さない許さない許さない許さない許さない許さない許さない許さない許さない許さない許さない許さない許さない許さない許さない！」

狂ったように何度も同じ言葉を繰り返すフェイドを見て、グレイや周囲の騎士達もその異様さに距離を取り始める。

フェイドの体から黒い魔力が陽炎《かげろう》のようにユラユラと立ち昇る。

これから嫌なことが起きると感じたグレイは、急ぎ騎士達に命令を下す。

「早くコイツを殺せ！」

グレイの命令に騎士達は遅れながらもフェイドに襲いかかる。

しかし、その命令を下すには一歩遅かった。

フェイドを覆った黒い魔力が天を衝き、衝撃波となって襲いかかろうとしていた騎士達を吹き飛ばす。

グレイはまさかといった表情のあと、舌打ちをして髪を掻《か》きむしった。

「祝福《ギフト》が覚醒したとでもいうのか!? だがこんなにも早く覚醒するなど聞いたことが……」

祝福《ギフト》の覚醒とは、何かのきっかけが原因で所持している祝福《ギフト》が強力に進化することを指す。誰でも覚醒するということではない。覚醒へと至る原因と、覚醒に適した祝福《ギフト》であるのか。主にこの二点が挙げられる。

そこで一つの可能性へと思い至る。

「この状況がやつを覚醒へと導いたとでもいうのかっ!?」

一刻も早く殺さなければならない。

自らが招いた失態は自分の手で始末を付けなければならない。

祝福《ギフト》が覚醒したとなれば勇者である自分でもそう簡単に倒すことができなくなる。

覚醒したばかりなら簡単に殺すことができると、そう思っていた。

フェイドは、己の祝福《ギフト》に変化があったことを感じ取っていた。

力が流れ込んでくる。魔力が溢れてくる。

だがそれよりも。

やつ《グレイ》を殺さなければ。家族を、村のみんなを殺したあいつらを許すわけにはいかない。

俯きながらも立ち上がったフェイドはゆっくりと顔を上げた。

瞬間、悪寒が襲いグレイは騎士達に早く殺すようにと再度命令を下す。

「何をしている！　早く、早くあいつを殺せ！　何としても殺すんだ！」

騎士達がフェイドへと襲いかかり、グレイ自身も攻撃しようと無数の火球を出現させる。

あと少しで攻撃が当たると。

厄災となりうる芽を摘むことができると。

その時、フェイドは一言呟いた。


「――死ね」


その声は小さかったにもかかわらず、自然とこの場にいるすべての者の耳へと届いていた。

呟いたのと同時、フェイドの足元から闇が広がり、そこから漆黒の槍《やり》が飛び出して騎士達の胴体を貫いた。

まだ残っている騎士達は、見たこともない攻撃に足が止まってしまった。

グレイでさえ、異様な力を前にして動揺する。

「――っ！　化け物が！　消えろ！」

しかし動揺は一瞬で、グレイが展開していた無数の火球をフェイドに向けて放った。

灼熱《しゃくねつ》の業火がフェイドを焼き尽くそうと迫る。

フェイドはゆっくりと左手を突き出すと、三十センチほどの黒い渦が現れて迫る火球がすべて吸い込まれた。

「なっ!?」

見たことがない光景を前にグレイは思わず声を上げた。

それでも立て続けに攻撃をしようとして動きが止まった。

否《いや》。止めてしまったのだ。

騎士達の死体が、地面に広がる闇へと呑み込まれたから。

「お前、一体何をした？」

グレイの問いにフェイドは答えず、ただ一言告げる。

「――来い」

すると、闇から呑み込まれた死体と同じ数の、全身を漆黒の鎧《よろい》で纏《まと》い、漆黒の剣を携えた騎士がフェイドを守るように出現した。

兜《かぶと》の下から覗《のぞ》く赤い目がグレイ達を睨《にら》みつける。

フェイドは現れた漆黒の騎士へと命令する。

「すべて殺せ」

そこからは一方的だった。

次々と騎士が殺され、殺された騎士が闇に呑み込まれては漆黒の騎士となって現れる。

漆黒の騎士達は倒されても再び地面に広がる闇から現れる。

グレイは倒しても蘇《よみがえ》る漆黒の騎士を見て、フェイドの能力を冷静に分析していた。

「やはりこのまま放置しておくには危険極まりない」

グレイの体から魔力が噴き上がる。

漆黒の騎士達に手のひらを向けると、巨大な火球が放たれて敵を燃やし尽くす。

グレイが歩を進める度に地面が融解し、熱で雨が蒸発する。

背後には炎の龍《りゅう》が佇《たたず》み、フェイドを睨みつけている。

すべてを焼き尽くす勇者。

グレイが【劫火《ごうか》】と呼ばれる所以《ゆえん》だった。

(今の僕ではアイツには勝てない)

殺してやりたいが、今の自分では勇者であるグレイを倒すことはできないと。

先ほどまで好戦的だった漆黒の騎士が、フェイドを守るようにして立ちはだかり、次々と消されていく。

「無駄なことだ。人類のためにここで死んでおけ」

「僕は、僕からすべてを奪ったお前を決して許さない。いいや。こんなことを許した王国も勇者もだ。必ずこの手で殺す！」

フェイドは漆黒の騎士を呼び出すと命令する。

「時間を稼げ」

「チッ、待ちやがれ！」

グレイがフェイドに迫ろうとして、漆黒の騎士に行く手を阻まれる。

「グレイ。いつか必ずお前をこの手で殺してやる」

そして漆黒の騎士によりフェイドの姿が見えなくなる。

程なくして漆黒の騎士達が消えるも、すでにフェイドは消えていた。

「――クソッ！」

グレイは追跡を諦め、報告するためにミスレア王国の王都へと帰還することにした。

その後、今回の件を報告したことでフェイドの力を危険視した国々は、『人類の裏切り者』として指名手配することになるのだった。

第一章　復讐《ふくしゅう》の道を往《ゆ》く者

1話　強さを求めて

——四年後。

フェイドは十八歳となり、自分の持つ祝福《ギフト》がどういったものなのかを理解していた。

フェイドの持つ祝福《ギフト》の名前は『闇の力』だったが、覚醒したことで『黒の支配者』という名前に変化していた。

できることは黒魔法と闇魔法、空間系統の魔法全般となっている。

黒魔法と闇魔法は系統が似ていても性質が異なる魔法だ。

闇魔法とは言葉の通り闇を操る、光魔法と対をなす魔法。影と呪、毒、死、重力といった属性がある。

対して黒魔法は、混沌《こんとん》と破壊、空虚といった属性がある。世界でも最強の魔法と呼ばれ禁忌の魔法とされている。

強力だが膨大な魔力を必要とするこの魔法は誰も扱えない。さらに、強力さ故に禁忌の魔法に指定されたこともあって、ここ数百年にいたっては使い手が誰一人存在しなかった。

二つの魔法に加えて、死んだ者や死んだ魔物を自らの戦力として軍勢に取り込むことができるといった能力もある。

術者の魔力が続く限り何度でも蘇《よみがえ》るというもので、軍勢へと加える数に制限もない。

中でも一番の特徴は、軍勢として取り込んだ者や魔物の二割の力が術者に還元されるというものだ。

取り込まれた者の力の二割が術者にいき、八割の力を持った状態で軍勢として呼び出すことができる。

つまりは、軍勢として取り込めば取り込むほど術者が強くなる。

フェイドは現在、宿泊していた村を離れて人間領と魔族領の境にある山脈の麓までやってきていた。

人類の裏切り者として指名手配されているので、大きな街に留《とど》まることはできない。見つかれば大事になってしまう。今のフェイドは軍を相手にできるほどの力を持ち合わせていない。

村なら指名手配されていることがバレる危険性が減り、魔物の素材と引き換えに泊まらせてもらうことができた。

麓を歩いていると山脈が近づいてきた。

空を見上げると竜種の下位種であるワイバーンが飛び回っている。

大きさも五～七メートル前後と、ドラゴンと比べれば小柄でそこまで強くはなく、一般的に兵士が数十人いれば一匹を仕留めることができる。

ワイバーンが下を歩くフェイドに気付く。

威嚇の鳴き声を上げると、飛んでいたワイバーンが一斉にフェイドへと向かって降下を始めて襲いかかろうとしていた。

「このまま通してくれればいいものを」

面倒くさそうにしながらも迫るワイバーンを見つめる。

敵は空を飛んでおり、軍勢を呼び出したところで壁にしかならない。

今は飛行する相手に対処できる魔物がいないのだ。

なので、フェイドは対処すべく魔法名を呟《つぶや》く。

「――闇の矢《ダークアロー》」

周囲に無数に展開された漆黒の矢が、迫るワイバーンに向けて放たれた。

ワイバーンの皮膚は硬い鱗《うろこ》に覆われており、並大抵の魔法では傷すら付けられないとされている。

だがフェイドの放った魔法はその鱗を容易《たやす》く貫き、次々とワイバーンを地面に落としていく。

程なくして空を飛んでいたワイバーンは消え去り、地面で苦しそう呻《うめ》き声《ごえ》を上げてフェイドを睨《にら》んでいた。

「そう睨むな。先に襲ってきたのはお前達《たち》の方だ」

ワイバーンの頭上に影が差す。現れた漆黒の槍《やり》が降り注ぎ命を刈り取った。

「だが安心しろ。俺の配下として戦わせてやる」

フェイドの足元から闇が広がり、死んだワイバーンをその中へと引きずり込んだ。

「——来い」

フェイドが一言そう告げると、闇から漆黒に染まった一匹のワイバーンが現れた。

現れたワイバーンはフェイドを見て頭を低くする。

フェイドはワイバーンの背に乗り空へと飛び立つ。

元々ドラゴンを戦力に加えようと考えていたが、このような形で空の移動手段を確保できたのは幸先《さいさき》がいいと思った。

歩きでの移動は億劫《おっくう》だったので、フェイドとしても大助かりだ。

心地よい風を感じながら、ドラゴンが多く住む山脈へと近づきつつあった。

そう。この山脈にはドラゴンが棲《す》み着《つ》いており、それがこの場所にやってきた目的でもあった。

しばらく空を飛んでいると一匹のドラゴンを発見する。

遠くから見てもその巨体さが明らかに分かるほどだ。

近づいていくと、向こうもこちらの存在に気付き接近してくる。距離は次第に近くなり、あまりの大きさに目を見開く。

全身が硬い鱗に覆われた、体長二十メートル強はある銀色のドラゴンであった。

ドラゴンがフェイドを見て咆哮《ほうこう》を上げ、ビリビリと空気が振動して威圧感が伝わる。

フェイドは恐怖よりも先に、伝説のような存在を前にしたことで自然と口元に笑みが浮かんでいた。

ドラゴンとは本来『天災』と呼ばれ、一匹いるだけでも国を脅かす存在とされてきた。

それが、この山脈にはゴロゴロと存在する。人間や魔族、魔物ですらドラゴンの怒りを買わないようにとこの場所を避けているほどだ。

フェイドは目の前にいるドラゴンが自分より格上だと本能で感じ取る。

だが逃げるようなことはしない。

この四年間で、強くなるためにたくさんの魔物を倒し、闇の軍勢として取り込み己の力としてきたのだから。

フェイドは黒魔法で作り出した剣をドラゴンへと向け、口元を不敵に吊《つ》り上げた。

「かかってこいよ。お前も軍勢に加えてやる」

そしてフェイドとドラゴンの戦いは始まった。

２話　竜狩り

先に動いたのはフェイドではなくドラゴンの方だった。

大きく顎門《あぎと》が開かれると、そこから数メートルはある火球がフェイド目がけて放たれた。

迫る火球にフェイドが手のひらを向けると、黒い渦が現れる。

「呑《の》み込め――深淵の渦《アビスフィア》」

言葉と同時。火球は出現した渦へと吸い込まれるようにして消滅した。

これは黒魔法の、吸収した攻撃を自身の魔力として還元する魔法だ。

ドラゴンも驚きのあまり動きを止めていた。

その隙をフェイドは見逃さない。

ワイバーンでドラゴンとの距離を詰める。

ドラゴンは迫るフェイドを前に鉤爪《かぎづめ》を振り下ろした。

フェイドは自身を斬り裂こうと迫る爪を前に、冷静に見極めて漆黒の剣で受け流した。

威力は高く、受け流したにもかかわらず反動で吹き飛ばされてしまう。

「ぐっ！」

乗っていたワイバーンから振り落とされ空中に放り出されてしまうが、すぐに駆けつけたワイバーンに体勢を整えて着地する。

腕がビリビリと痺《しび》れている。ドラゴンの強さに思わず笑みを深める。

「想像以上だ。これはどうしても戦力として加えたい」

ここで多くのドラゴンを手に入れられれば、連合軍など容易に片付けられる。

加えて自身も強くなるのだから、これ以上にない好機といえた。

フェイドはドラゴンへと迫り剣を振るう。

剣術の知識などなく、武術のどれもが我流となっている。

それでも四年間で数多くの魔物や、遭遇した騎士達《たち》を倒してきたフェイドの剣技は不思議と様になっていた。

次第に強靭《きょうじん》な鱗《うろこ》を持つドラゴンの肌にも傷ができはじめ、その数は次第に多くなっていき、ついには鮮血が舞った。

ドラゴンが悲鳴を上げ、フェイドから距離を取り睨《にら》みつけた。

ドラゴンは当初、このような矮小《わいしょう》な人間など一方的に嬲《なぶ》って終わりだと思っていた。

だが、この人間は意外にもしぶとく、さらには今まで傷すら付けられることのなかったこの身に傷を付けたのだ。

ドラゴンである己を殺しうる力を持つ強者。

故にドラゴンはフェイドのことを敵と判断し、最大の一撃を以《もっ》て屠《ほふ》ることを決断した。

大きく顎門が開かれると、ヒュゴッという音と共に胸部が大きく膨張する。

「まさか！」

フェイドはドラゴンがこれから何をしようとしているのか察し、膨張した胸部が紅《あか》く染まっているのを確認する。

高まる魔力に冷や汗が流れ落ちる。

逃げようにも縦に割れた金色の龍眼がしっかりとフェイドを捉えている。

どこにも逃げ場はない。

「逃がすつもりはないってか？　いいさ。元から倒すつもりで挑んでいるんだ。受けて立つ！」

そして、ドラゴンの口からブレスが放たれた。

まともに受ければただでは済まないことは明白であり、闇の軍勢も紙クズのように消し飛ばされるだろう。

フェイドは手に持っていた闇の剣を消し、手のひらをドラゴンに向けて、唯一対処できるだろう魔法名を唱える。

「――黒き盾《エグニス》」

唱えると、巨大な幾何学模様の魔法陣がいくつも展開されて輝きが増す。

同時にブレスが直撃してビリビリと揺さぶられるが、結界が破壊される様子は見られない。

ドラゴンは自身が放てる最高の一撃を無傷で防いだフェイドを見て目を見開いた。

「そんなに驚いたか？　ブレスの返礼だ。受け取ってくれ。すべてを侵し、侵蝕《しんしょく》せよ――黒蝕《イクリプス》」

空間が歪《ゆが》んで黒い穴が開き、そこから無数の黒い腕がドラゴンを掴《つか》もうと伸びる。

ドラゴンは無数の腕を焼き尽くそうと攻撃するが、伸びる腕はすぐに再生して迫る。

マズいと感じたドラゴンは距離を取ろうとするも、死角から迫っていた腕に足が掴まれてしまう。

直後、悲鳴のような声が聞こえ、残りの迫っていた腕が次々とドラゴンを捕らえる。

掴まれた個所《かしょ》から黒く染まっていき、ものの数秒でドラゴンの全身に広がる。その瞬間、ドラゴンは息絶え、闇に引きずり込まれた。

ドラゴンを闇の軍勢に加えた直後、明らかに力が増したことが分かった。

「一匹だけでこれほどの力が得られるのか……」

ここに存在するドラゴンの大半を闇の軍勢として取り込めば、大きな力が得られるのは確実であった。

フェイドは一度地面に降り立ちワイバーンを闇に戻す。

そして先ほど闇の軍勢へと加えた銀色のドラゴンを呼び出した。

「――来い」

フェイドの呼び出しに応じて影が広がり、そこから一匹のドラゴンが現れた。

元は銀色だったが黒銀色っぽい色合いに変化しており、現れたドラゴンは首《こうべ》を垂れ服従の姿勢を見せる。

「それじゃあドラゴン狩りの時間といこうか」

背に飛び乗ると、ドラゴンはゆっくりと羽ばたき空へと飛び立った。

周囲を見渡しつつドラゴンに命令する。

「ドラゴンが多い場所に向かえ」

グルルルッと鳴き、移動する速度が増す。

それからフェイドは次々と山脈に住むドラゴンを闇の軍勢へと加えていく。最初は時間がかかったが、取り込むにつれてフェイドの力が増したことで簡単に倒すことができた。

今では軍勢のドラゴンの数は百を超え、最初に倒した黒銀色のドラゴンよりも遥《はる》かに大きいドラゴンすら軍勢へと加えていた。

どれも強大な力を有しており、フェイドは大きく力を増していた。

しばらく山脈を飛び回りドラゴンを狩って軍勢に加えていると、麓の方から戦闘の音が聞こえてきた。

「これほどの魔力……誰だ？」

片方は今まで感じた以上の巨大な魔力を有しているが、もう片方の魔力はその半分以下しかない。

それでも膨大で、勇者であるグレイを優に超える魔力量を有している。

一体誰が戦っているのか気になったフェイドはその場へと急ぎ向かった。

ものの数分で戦っている場所へと到着するが、そこにはピンクの長髪にルビー色の瞳をした美少女と一匹の漆黒で巨大なドラゴンが睨み合っていた。

3話　黒龍《こくりゅう》と魔王

フェイドは少し離れた場所で一人と一匹の戦いを静観する。

このような辺境の、しかもドラゴンが多く棲《す》み着《つ》くこの山脈に単身で来られる者は世界でもごく僅かしか存在しない。

勇者ですらここのドラゴンを相手に単独で戦うのは不可能。

少女は無数に放たれた火球を躱《かわ》し、ドラゴンに接近して近距離から魔法を放ち、周囲が爆炎で彩られる。

飛び立ったドラゴンの体には傷一つなく、攻撃した少女を睨《にら》みつけていた。両者は、ドラゴンの背に乗って気配を消すフェイドの存在に気付いている様子はなかった。

フェイドが気になったのは、ドラゴンと対等に戦っている少女の方である。

「一体何者だ……？」

見た目は人間のようだが、雰囲気と魔力が人間とは異なっていた。

少女は地形が変わるようなドラゴンの猛攻を凌《しの》ぎ反撃に出るも、容易《たやす》くあしらわれていた。

放つ攻撃はどれもドラゴンには通用せず、鉤爪《かぎづめ》が彼女を斬り裂こうと振るわれた。

空中にいた少女に避《よ》ける手段などないと思われたが、足元に火球を生み出して爆発させることで回避したのだ。

振るわれた鉤爪は地面を深く抉《えぐ》る。食らっていればただで済まないことは明白。

地面へと着地した少女は睥睨《へいげい》するドラゴンを見つめつつ問いかける。

「黒龍よ。どうして協力してくれないのだ！　お前とて長年人間に苦しめられてきただろうに！　住処《すみか》を奪われ、こうして誰も近寄らない山脈へと棲み着いたではないか！」

麓は自然豊かだが、高い山となれば背の低い木々や草しか生えない。

それも標高が高くなるにつれてなくなっていき、岩肌のみとなる。

フェイドがいるこの山脈の名前は『ガラ・オクトス山脈』と呼ばれ、平均標高は四千メートルある。その中で最も高い山の標高は一万メートルと世界最高峰を誇る。

その最も高い山の中腹よりもやや下で戦闘が繰り広げられていた。

そして少女が相手している漆黒のドラゴンは『黒龍』と呼ばれ、竜種の最上位に君臨し、厄災とも恐れられる最強の一角であった。

その最強を前に、数多《あまた》の勇者や英雄が散っていった。

人族には傷跡としてその歴史は残っており、黒龍によって滅ぼされた国はいくつも存在する。

『真に人間に追いやられたというのは気弱な同胞だけだ。お前は〝そんなところ〟と言うが、住み慣れればなかなか良いところだ。邪魔する者がいないからな』

邪魔する者がいない。その言葉に少女は反応する。

「もっと豊かな土地で暮らしたいとは思わないのか？」

『しつこいぞ小娘。今すぐに退《ひ》かないのなら本当に死ぬことになるがいいのか？』

濃密な殺気が彼女を襲う。その殺気に思わず一歩後退《あとずさ》るが、グッと体に力を込めて黒龍を見返す。

「だとしても。どうか私達《たち》を助けるために力を貸してほしい！」

逃げ出したい。でも、逃げたら誰も助からない。だから少女は必死に懇願を続ける。

『そもそも人族と魔族の戦いに我は協力などしない。どうしてもというのなら、力ずくでこの我を屈服させてみせるがいい』

やはり協力などしてくれないか……

それでも同胞を救うためには、その強大な力が必要だから。

「ならば認めさせるのみ！」

少女は覚悟を決めて両手に炎を灯《とも》す。

やる気は満々。

『そうか。ならば消え去るがいい』

そして一人と一匹は再び激突する。

黒龍が振るう鉤爪が天地を斬り裂き、放つブレスが辺りを焼土と化す。

負けじと少女も魔法で応戦するが次第にボロボロになっていき、この長いようで短い戦いにも終わりが見え始めた。

傷だらけで地面に膝を突いた少女はそれでも尚、ゆっくりと立ち上がる。

フェイドは少女の魔力が残り僅かなことに気付いていた。

フェイドだけじゃない。黒龍も同様に気付いていた。

これ以上の戦闘はできないだろうと。

『これで終わりにしよう。哀れな魔王よ』

黒龍の口から『魔王』という言葉が聞こえ、フェイドの思考が一瞬止まる。

「アレが魔王、だと……？」

今、黒龍は少女のことを『魔王』と呼んだのだ。

魔王とは人類の敵と呼ばれ、邪悪なる存在とされてきた。

それは辺境の村で暮らしていたフェイドでも知っていることだ。

だが現実はどうだろうか。

傷ついてなお、必死で仲間のために戦っている姿を見て、果たして誰が彼女のことを悪だと思うのだろうか。

フェイドには彼女が邪悪な存在には見えなかった。

ヒュゴッという大量の空気を吸い込む音が聞こえ、黒龍の胸部が膨張して紅《あか》く染まる。

フェイドですら今まで感じたことのないほどの、尋常ならざる魔力量に思わず冷や汗が流れ落ちる。

そして、少女——魔王に向けて放たれた。

空が白く染まり、滅びのブレスが少女へと迫る。

迫るブレスを見て少女は防ぐ手段がないことを悟り、覚悟を決めるかのように地面に膝を突いた。

そして静かに目を瞑《つぶ》り、己を待つ配下へと謝罪する。

「すまない。どうやらこれまでのようだ。私はただ、同胞を、魔族を救える方法を探し求めていただけなのだ。同胞達よ、このような不甲斐《ふがい》ない魔王で申し訳ない……」

ただ心残りがあるとしたら、それは……

「魔族が平和で笑って暮らせる世界を見てみたかった……」

諦めかけたその時、何かが降り立った音がして近くから男の声が聞こえた。

「まさか、魔王がこれほど仲間想《おも》いだったとは意外だ。諦めるにはまだ早い。すべてを呑《の》み込め——深淵の渦《アビスフィア》」

フェイドの手のひらから空間を歪《ゆが》ませるように現れた漆黒の渦が、破壊の権化ともいえるブレス

を呑み込んだ。
ブレスの風圧で被《かぶ》っていたフードが外れる。
数十秒間続くブレスは止《や》み、黒龍から驚きの声が聞こえた。
『我がブレスを防いだというのか!?』
少女を庇《かば》うように立つ黒衣の男が黒龍を睨みつける。
『貴様、一体何者だ？　ただの人間ではあるまい』
「そうだな……」
今の自分は何者なのか。
だが、その答えはいたって単純だった。
口元に笑みを作り答える。
「俺は――復讐者《ふくしゅうしゃ》だ」

4話　復讐者《ふくしゅうしゃ》と黒龍《こくりゅう》

フェイドは少女を一瞥《いちべつ》し、黒龍へと視線を戻す。

黒龍から放たれる威圧が肌をピリピリと刺激し、格上だということを本能的に理解させられる。

フェイドを睨《にら》みつける黒龍の縦に割れた黄金の龍眼は、心すらも見通していると言わんばかり。

黒龍がフェイドに問う。

『人間がどうして魔族を、それも魔王である小娘を庇《かば》う？』

フェイドは放たれる黒龍の圧を前に気圧《けお》されることなく平然と答える。

「人間は醜い生き物だ。脅威を倒すためという名目で強者を集め、それが後の脅威になるかもしれないとなれば殺す。信じていたのに裏切られ、すべてを奪われたこの感情、お前に理解できるか？」

フェイドの問いに黒龍は笑い飛ばす。

『ふん。知らぬ。我からしてみれば弱いから死んだだけのこと』

「そうだよな。お前には理解できない感情だよな……」

『それが魔王を助けるのとどう繋《つな》がるというのだ？』

「簡単だ。人間より信用できるからだ」

フェイドの体から魔力が溢《あふ》れ出《だ》し周囲の空間を歪《ゆが》める。

それほどまでに濃密な魔力で、その後ろにいる魔王はその圧倒的な魔力量に身震いする。

魔王だからといっても、これほどの魔力を持ち合わせていない。

本当に何者なのだ……？

振り返ったフェイドが、困惑する少女に尋ねる。

「こいつ、俺がもらってもいいか？」

「え？　もらう？　もしかして、倒すとでも言う気か!?　相手はあの黒龍で、いくらお前が強くてもそんなことは不可能だ！」

「さて、試したことがないから分からないな」

『我をどうするだと？　もう一度言ってみろ、人間！』

フェイドは睥睨《へいげい》する黒龍の眼《め》を真っすぐに見て、再び告げた。

「龍種ってのは耳が遠いようだから聞こえるように言ってやる。――お前を殺してやる」

殺気がフェイドへと向けられ圧力となって圧《お》しかかる。

足元の地面が蜘蛛《くも》の巣状にひび割れるが、フェイドは苦しそうな表情一つ見せず心臓の鼓動も規則正しい。

『ほう……これを耐えるか。ならばこれはどうだ？』

そう言って黒龍の周囲には直径二メートルほどの、無数の黒い火球が現れてフェイド目がけて放たれた。

迫る火球を避《よ》けるのは今のフェイドからしたら容易だ。

しかし、避けてしまえば後ろにいる少女に攻撃が当たる可能性があった。故にフェイドは避けるという選択を捨てて手のひらを向けた。

「――黒き盾《エグニス》」

二人を包み込むような形で幾何学模様の魔法陣がいくつも展開され、迫る火球が次々と着弾して爆炎が彩る。

それでも無事な様子を見る限り、このフェイドという男はただの人間ではなさそうだ。祝福《ギフト》持ちなのは確実だなと少女は思った。

でなければただの魔法士に黒龍の攻撃を防ぐことなど不可能。

数十秒ほどが経過し、攻撃が止《や》んだことでフェイドは結界を解除した。

周囲の地面は凸凹《でこぼこ》となっており、黒龍の先ほどの攻撃の苛烈さを表していた。

黒龍から驚いている様子が伝わってくるもフェイドが気にした様子はない。

結界を解除したフェイドは黒龍に向かって駆け出して跳躍すると、空で待機していた黒銀のドラゴンの背に飛び乗った。

フェイドはドラゴンの背の上で魔法を発動する。

「――黒槍《ダークランス》」

空中を埋め尽くさんばかりの漆黒の槍《やり》が出現し、穂先が黒龍へと向けられる。

手を横に払うと、それらは黒龍へと放たれた。

黒龍は殺到する漆黒の槍に対して鉤爪《かぎづめ》を振るって対処するも、数が多く避け切ることは不可能。

次々と直撃し傷が増えていく。

『数千年もの間、傷一つ付けられなかった我が体に傷を付けるか。その祝福《ギフト》、『黒の支配者』か！』

黒龍の発言にフェイドの動きが止まった。

フェイドの様子から黒龍は予測が当たっていることを確信し話を続ける。

『ここに来たのも、大方ドラゴンを軍勢に加え力を得ようとしているといったところか』

「どうして俺の祝福《ギフト》のことを知っている？」

『支配者の祝福《ギフト》は世界で七人しか持っていない。貴様も類似の祝福《ギフト》が覚醒し、空白となっていた支配者の力を手に入れたのだろう』

「一つ聞く。支配者の祝福《ギフト》とは一体なんだ？」

フェイドは己の力について知らなければならないと思った。

『知りたければ我を倒すことだ』

「そうか。なら遠慮なく倒して配下に加えさせてもらおう」

『それでこそ『黒の支配者』というもの』

両者が嗤《わら》い――激突した。

そこからは地形が変わるほどの激闘が繰り広げられた。

フェイドは闇の軍勢では意味を成さないのを理解しており、純粋な魔法での勝負となった。

互いに魔力、体力を消耗し、フェイドは体中がボロボロになっていた。

黒龍の方も龍鱗《りゅうりん》が剝がれ落ち、血を流している。

『これほどとは……』

黒龍は高く飛び、視界にフェイドと魔王の姿を捉えた。

黒龍はこれ以上戦闘が長びくのは不利だと判断して、早々に決着を付けようとする。

大きく空気を吸い込むと胸部が紅《あか》く染まり魔力が高まっていく。

『我が最高の一撃を以《もっ》て、この戦いに終止符を打つとしよう！』

フェイドも黒龍が放とうとするこの一撃は、生半可な魔法では防げないと理解し、対抗すべく限界まで魔力を高める。

フェイドと黒龍の魔力が衝突して空間が悲鳴を上げる。

手のひらに小さくも緻密《ちみつ》な魔法陣が展開され、拳サイズの漆黒の球体が作られる。

数瞬の空白。

そして黒龍のブレスとフェイドの魔法が放たれたのは同時だった。

『――消え失《う》せよ！』

「――黒天《こくてん》」

ブレスと球体が衝突した。

一瞬の拮抗《きっこう》の後、フェイドの魔法がブレスを突き抜けて黒龍へと迫り大爆発を引き起こした。

フェイドは少女の近くに立ち、魔法で爆風から身を守る。

程なくして爆風が収まったそこには、血だらけで地面に横たわる黒龍の姿があった。

フェイドの最高の一撃を以てしても、黒龍はまだ生きていた。

それでも体中はボロボロで戦闘の継続は不可能。

ついにフェイドは厄災と呼ばれ恐れられる黒龍に勝利したのだ。

ゆっくりと歩み寄ったフェイドは黒龍へと問う。

「俺の勝利だ」

『そのようだ。力を使い果たした我はじきに死ぬ。そうしたら闇の軍勢に加えるがいい』

「そのつもりだ。それで、話してくれるよな？」

それは『黒の支配者』についてだ。

黒龍は「もちろんだ」と答える。

「支配者については私も興味がある。聞いても？」

少女がフェイドに問いかける。

「構わない」

5話　支配者と魔王の提案

黒龍《こくりゅう》は『黒の支配者』について話し始める。

『最上位の祝福《ギフト》が「支配者」と呼ばれるものだ。「支配者」の祝福《ギフト》には赤、青、茶、緑、黄、白、黒の七つが存在する』

黒龍は言葉を区切りフェイドに視線を向ける。

『黒に関しては、世界すらも支配できるほどの力を秘めている』

「軍勢だな？」

『その通り。取り込んだ者の力を奪う『黒の支配者』は、支配者の祝福《ギフト》の中でも異端であり、最強ともいえる力を有している。それも世界を相手に一人で戦えるほどに』

フェイドは黒龍へと胡乱気《うろんげ》な眼差《まなざ》しを向ける。

それに気付いた黒龍は「事実だ」と言って話を続けた。

『現に世界は一度、『黒の支配者』によって支配された過去がある』

「なんだと？　そんな話は聞いたことがない」

「私もだ」

『当然だ。遥《はる》か昔、今から一万年も前になる。世界の歴史から忘れ去られていてもおかしくはない』

衝撃の事実に、フェイドも少女も開いた口が塞がらないといった様子だ。

『そして各支配者は世界に一人しか存在しない。その者が死ねば、適性ある覚醒者へと発現する。今代は貴様ということだ。人間よ、問おう。その力を何のために振るう？』

心を見透かすような眼《め》で、その真偽を確かめようとしていた。

何のため？

決まっている。

そんなの――……

「復讐《ふくしゅう》だ」

『復讐？』

「最初に言ったはずだ。俺は復讐者だと。勇者に家族を殺され、人間に人類の敵と烙印《らくいん》を押された俺は、そのすべてに復讐する」

『そうか。復讐か』

すると黒龍は面白そうに、愉快に笑った。

『それもまた一興。ただし、他の支配者はお前を殺そうとするだろう。これは定められた運命なのだ』

「関係ないな。邪魔する者はすべて潰す。たとえそれが修羅の道だろうと……」

『そうか……』

もう話すことはないと言わんばかりに黒龍は目を閉じ、しばらくしてその生命活動が停止した。

フェイドは足元から闇を広げて黒龍を闇へと引きずり込む。

異様な光景に少女はただただ見ているしかない。

黒龍を軍勢に加えた直後、フェイドへと今までとは比べものにならない力と魔力が流れ込んできた。

厄災と呼ばれた力の一部でこれほどか……

今まで軍勢へと引き入れたドラゴンが比にならないほどに、膨大な力を得た。

闇がフェイドへと収束したその場には、戦闘の痕跡と黒龍が流した血以外は残っていなかった。

黒龍を回収したフェイドは黒銀色のドラゴンを召喚してその背に乗って飛び立とうとし、少女に呼び止められた。

「ま、待ってくれ！」

「……何か用か？」

ゆっくりと少女へと振り返る。

「私は魔王だ。人類の敵だぞ!?」

少女は黒龍から魔王と呼ばれていた。それはフェイドも知っている。

だが魔王だからと殺すというのは違う。

そもそも、魔王を殺すというのはフェイドの目的ではないから。

「興味がない。俺は俺の為《な》すべきことをするのみだ」

フェイドには復讐以外の目的はない。

「もう用はないな？」

再び飛び立とうとするフェイドを少女は再度呼び止めた。

「ま、待ってくれ！　まだ話がある！」

少女は自己紹介をする。

「私は魔王エリシア・スカーレッド。少し話がしたい」

エリシアからは敵意を感じない。純粋に話したいという意思だけが伝わってくる。

フェイドは少し考えるとドラゴンから降りてエリシアと向き合う。

少女はフェイドと話をができるということでホッと息を吐く。

「名前を聞かせてはくれないだろうか？」

「フェイド。見ての通り人間だ」

「ではフェイド。勇者と人間に復讐したいという話は本当か？」

目を見て問うエリシアは真剣だ。

ここで嘘《うそ》だと言って魔族を殺すと言えば、魔王であるエリシアと戦うことになる。

だが、エリシアの戦闘能力は黒龍との戦闘を見て大体把握していた。

加えて魔力を消費したエリシアなら今のフェイドなら苦もなく倒せる。

加えてここで嘘を吐《つ》くメリットがないためフェイドは正直に答えた。

「本当だ。勇者によって家族と村のみんなが殺され、俺だけが逃げ延びた。祝福《ギフト》が覚醒した俺は人類の裏切り者と判断された。今では追われる身だ」

「つまりは、人間領に居場所はないということでいいか？」

「ああ。行く当てもなく、強くなるためだけに生きてきた」

「ならば提案だ。フェイド、私達《たち》の仲間になってくれないか？」

魔王からそんな提案をされるとは思わなかったフェイドは驚きで目を丸くする。

フェイドにとって悪い提案ではなかったが、仲間になるつもりは微塵《みじん》もない。

故に判断は早かった。

「断る」

「そう、だな……。フェイドほどの者が仲間になれば魔族は救われると思ったが……」

断られたことであからさまに落ち込むが、フェイドはエリシアに聞かなければならないことがある。

「一つ聞く。魔族の目的はなんだ？」

6話　最強×最強

「魔族領は元々豊かな土地ではない。恵みある土地、食料を求めて人間と交渉した。だが、あろうことか人間は我々魔族のことを『人類の敵』などと言い、滅ぼそうと一方的な侵攻を開始した。フェイドも知っているだろうが、一時は私達《たち》魔族が優勢だった」

人類の敵である魔族を倒そうとした連合軍は侵攻を開始した。

魔法や身体能力が人間よりも優れており、戦況は魔族側が優勢であった。

だが、人類側にある存在が現れたことで戦局が一変する。

その存在とは、誰もが知る――……

「七人の勇者が現れたことで、数多くの同胞が殺された」

勇者は魔族や魔物を次々と倒し、領土侵攻を開始した。

勢いは止まることを知らず、気付けば魔族領の三割が勇者達によって制圧されてしまったのだ。

それでも魔族は連合軍の侵攻を止めようと必死に抵抗し続けた。

現在は魔族領の四割が奪われている状況となっており、連合軍が魔王城のある王都まで侵攻してくるのは時間の問題だった。

なおも魔族は生き残ろうと、未来へと繋《つな》ぐために今も必死に戦っている。

エリシアも未来を守るため、同胞を守るために必死に戦っている一人であった。

「ただ生きるための、子を未来に繋ぐための恵みが欲しかっただけなのだ……」

エリシアは悔しさのあまり拳を強く握りしめた。

この人類と魔族による戦争は『人魔大戦』と呼ばれ、両者ともに甚大な被害が出ているが、現状では魔族側の方が被害は大きくなっている。

「神は我ら魔族にこんなにも過酷な試練を与えるというのか……」

エリシアの呟《つぶや》きには、この戦いでの過酷さが込められていた。

ただ、エリシアは神について勘違いをしていた。

「神は与えるだけの存在でしかない」

「でも同胞は苦しんでいる！　少しの恵みさえあってもいいではないか！」

魂の叫びともいえるエリシアの訴えに、フェイドは無慈悲に切り捨てた。

「神に期待して縋《すが》るのも、信じるのもすべて無駄であり無意味だ」

フェイドは「それに」と言葉を続ける。

「神は人類に、勇者に力を与えている。力を与えられ勇者となった者が、多くの魔族を殺している。魔族だけじゃない。勇者は同族である人間すらも殺している。そんな者に力を与える神なんて碌《ろく》な存在じゃない。魔王エリシアに問おう」

言葉を区切ったフェイドはエリシアの目を見据えて問う。

「それでも神に恵みを与えてほしいと、助けてほしいと願うのか？　神は絶望を与えるだけで、恵みなどくれやしない」

エリシアの体から力が抜ける。

「神は魔族を救ってくれないというのか……？」

「この惨状が答えだ。神に期待するな。神に祈るな。使えるものはすべて使い、自分だけを信じろ。それが生きるために必要なものだ」

エリシアは顔を俯《うつむ》ける。

縋ろうとしていた存在は自分を助けてはくれないのだと。

フェイドの言う通り、神が手を差し伸べてくれていたら、この惨状も変わっていただろう。

日々戦う兵士が、同胞が死ななくてもよかった未来があっただろう。

縋ろうとした神は魔族ではなく、人間の勇者に力を与えたのだ。

そしてエリシアの脳内にフェイドの先ほどの言葉が蘇《よみがえ》る。

『使えるものはすべて使い、自分だけを信じろ』

フェイドを見る。

彼は厄災ともいわれる黒龍《こくりゅう》を倒し、あまつさえその黒龍を配下へと加えた。

戦力としてはこれ以上にないほど強大だ。

彼が居れば多くの魔族が救われ、連合軍を退《ひ》かせることが可能になる。

「……ふっ」

なら、利用してやろうではないか。

少しして顔を上げると、先ほどまでの表情ではなくなっており、右手をフェイドへと差し出して再び提案していた。


「――私と手を組まないか？」


エリシアの提案にフェイドは思わず笑みを零《こぼ》した。

最初は「仲間にならないか」と言っていたのが、「手を組まないか」という言い回しに変わっていたのだから。

フェイドはその言い回しの真意に気付いたことでつい笑ってしまった。

「私、可笑《おか》しいことを言ったか？」

いや、とフェイドは苦笑する。

「魔王である私よりも強く、同じ敵を持つ者同士で利害も一致している。利用するのが当然であろう。それに使えるものは使えと言ったのはどこの誰かな？」

そう言ってエリシアは悪戯《いたずら》っぽい笑みを浮かべた。

フェイドがこの提案を断る理由はなく、エリシアが差し出した右手を握った。

「断る理由はないな」

「うむ！　よろしく頼むぞ！」

こうして『黒の支配者』と『魔王』という最強の二人が手を組み、人類へと反撃に出るのだった。

魔王エリシアと手を組むことになったフェイドは現在、ドラゴンの背に乗って魔王城がある王都へと移動をしていた。

「俺とエリシアが手を組んだのはいいが、魔族からなんて言われるだろうな」

「私が独断で人間と手を組んだのだ。非難の声が出るのは確実だろう。それに、人間に恨みを持つ者は多い」

個人とはいえ、敵対している種属同士が手を組んだのだ。当然と言えば当然のことだろう。

「だが、私が説得しよう」

「できるのか？」

その質問にエリシアはふっと笑った。

「フェイドの実力と事情を話せば理解してくれる者は多いはずだ」

「魔族は実力主義とでも言いたいのか？」

「その通りだ。魔王軍の幹部である将軍は八人いる。その誰もが、魔族の中でも群を抜いて強い者達だ」

「そうか。じゃあ説得は任せる。それよりも、魔王の座はどうやって決めているんだ？」

純粋な疑問であった。

人間は代々、世襲王制となっているので、魔族も同様なのかと思っていたフェイドだったが違った。

「魔王とは魔族の中で最も強い者が着く座だ。つまり私が魔族の中で最強の存在ということ」

「つまりは、魔王の座も実力主義ということか」

エリシアは頷《うなず》き、話を続けた。

「魔族最強の私が、フェイドには勝てないと言ったのだ。魔族の中で勝てる者はいない。だから安心するといい」

「安心、ね。聞く限りできそうにないな」

「なんでだ!?」

実力主義ということは、少なからず反感を買いフェイドに戦いを挑んでくるやつが少なからず存在するだろう。

それを危惧しての発言であり、できれば戦いたくないというのが本音であった。

その理由は単純で、面倒くさいからだ。

「その時は何とかするか……」

「何か言ったか？」

「いや。何でもない。魔王城まではあとどれくらいかかる？」

その質問にエリシアは顎に手を添えつつ目を瞑《つぶ》って思考する。

「ふむ。徒歩で一週間の距離だったが……空でこの速度となれば早くても明日には到着するはずだ」

想像よりもドラゴンの移動が速いことにエリシアは驚いていた。

そもそもドラゴンに乗るという発想がなかったのだから驚いて当然のことだった。

徒歩で魔王城まで七日、馬車で四日、ドラゴンで凡《およ》そ一日。空での移動手段がどれだけ速いかを表していた。

フェイドは移動の最中、エリシアから現在の魔王軍の状況を聞いていた。

「知っての通り魔族領は大陸の北部にある。現在は南と南西、南東の防衛ラインを一歩下がらせることで何とか侵攻を食い止めている状況だ。幸い、今いる東側はこのガラ・オクトス山脈のお陰で侵攻されない。人間もドラゴンを相手に喧嘩《けんか》は売りたくないだろうからな。とはいえ、大陸東部の海からの上陸は時間の問題だろう」

魔族領は自然の要塞ともいえる場所にあり、なんとか防衛ができている状況だ。

だがエリシアの言う通り、海からの侵攻は時間の問題だ。

フェイドがエリシアに教える。

「エリシアに朗報だ。連合軍は海側からの侵攻を考えて船の建造を行っているところだ」

「それは本当か!?　というよりも朗報ではないじゃないか！」

「事前に知れたんだから朗報だろうに」

「また戦力を割くことになる。朗報なわけがないだろう……」

魔王軍はこれ以上戦力を割くわけにはいかなかった。

南西と南東の防衛で精一杯であり、連合軍もそれを理解しての海からの侵攻を企てていたのだ。

エリシアは頭を抱える。

「魔王軍にはこれ以上割ける戦力などない。送り込むにも同胞を死地に送るようなものだ……上陸させる前に迎え撃つのが最善策なのだろうが……」

それ以上にもっと良い案があるのでフェイドは提案することに。

「いっそのことこのまま人間領に向かって船を壊してくるか？」

「何を急に……」

だがエリシアは「いや、ありなのか？」と小さく呟き、考え込む。

そこから目を瞑って、ぶつぶつと呟きながらフェイドからの提案を脳内で色々と思考する。

このまま二人で乗り込んで船を破壊したところで、また作られては時間を稼いだだけにしかならないことは明白。

エリシアは首を横に振った。

「いいや。それはやめておこう。時間稼ぎにしかならない」

「それもそうか」

フェイドもエリシアと同様の考えに至っていた。

「だが、フェイドのお陰で海上からの侵攻が近いことも判明した。あとはどう防衛するかを考えないといけなくなった。クソッ、戦力が少ないというのに……」

エリシアは顎に指を添えて今後の動きと戦力の割り振りを考えており、フェイドは難しそうな表情をする彼女を見て「魔王も苦労しているのか」と、他人事《ひとごと》のように思うのだった。

7話　魔王城

ドラゴンの背に乗って飛び続けた翌日。

これだけの長時間、休みなしで飛び続けることが可能だったのは、黒龍《こくりゅう》を含むドラゴン達《たち》を闇の軍勢として取り込んだからだ。

ドラゴンの軍勢にはスタミナという概念が存在せず、スタミナの代わりに魔力を使用して飛んでいる。

無尽蔵とも言える魔力がフェイドから供給されることで、ドラゴン達のスタミナが尽きることはない。

故に休みなく飛び続けることが可能となっていた。

そしてフェイドは、遠方に大きな黒い城と城下町、その全体を囲む城壁を目にした。

「あそこが王都デルザストだ」

魔族領自体が人間領の街とさほど変わらないので景観に違いはない。

大きく違うのは魔王城が黒いことだろう。

「大きい城だな」

「うむ！　代々魔王が受け継ぎ改築を重ねた結果、あのように大きな城となった」

「道理で大きいわけだ」

未《いま》だに距離があるにもかかわらず、城の巨大さが伝わってくる。

「ところで、このまま魔王城まで行っていいのか？」

フェイドはエリシアに尋ねる。

その理由は、乗っているドラゴンが黒銀色ということと、大きさも一般的なドラゴンに比べて少し大きかったからだ。

ドラゴンが突然王都に現れたら騒ぎになるのではないかと懸念していたのだが、エリシアはあっけらかんと答えた。

「別に気にすることもない。このまま魔王城の最上階に行ってくれ。案内は私がする」

「はぁ、分かった」

それでいいのかと呆《あき》れながらも、フェイドはエリシアに案内されるがままに移動する。

王都の付近までやってくると、屋外や王都を囲む城壁の上に兵が多く集まっているのが視認できた。

案の定、城ではドラゴンが現れたことで騒ぎになっていた。

「無視で構わない」

エリシアがそう言うので、フェイドはそのまま魔王城へとドラゴンを進める。

騒ぎを見てエリシアは飽きれたように、それでいて溜息《ためいき》交じりに呟《つぶや》いた。

「勇者が攻めてきたわけじゃないのに。この程度で騒いでどうする。まったく……」

ドラゴンは脅威なのだが、それは強者であるからこそ出た言葉であった。

市井《しせい》の魔族にとって、ドラゴンは十分に脅威となる存在だ。

するとエリシアが指を差す。

「あそこに見えるバルコニーに降りてくれ」

「いいのか？」

「私の城だぞ？　構わない」

魔王城の最上階にあるバルコニーにゆっくり近づくと、エリシアはドラゴンの背から飛び降りてバルコニーへと降り立った。

するとそこに、配下であろう武装した魔族数人が現れて、ドラゴンに向けて武器を構える。

中には魔力を高めて戦闘態勢に入る者もいる。

「魔王様！　ご無事でしょうか！」

「お怪我《けが》はございませんか!?」

「早くお下がりください。ここは私達が！」

フェイドは駆けつけた魔族達を見て、一目で強者であることを見抜く。

この者達こそ、エリシアが言っていた将軍、【八魔将】なのだろう。

「武器を収めろ。私は無事だ」

「そのようなボロボロのお姿は一体……」

その時、ドラゴンの背に乗っている黒衣の男を見て警戒を強め、武器を取り出して矛先を向けた。

「何者だ？」

フードで素顔が見ない者を警戒するのは当たり前だが、それに待ったをかけた人物がいた。

当然、その人物とは魔王であるエリシアだ。

「言ったはずだ。武器を収めろと」

「ですが、勇者かもしれません！」

フェイドは被《かぶ》っていたフードを降ろして素顔を露《あらわ》にした。

「勇者なわけがないだろ。あんなクズどもと一緒にするな」

その正体が人間だと気付いた瞬間、フェイドに向けて殺気が放たれた。

「これまた随分な歓迎の仕方だな」

一般人なら死んでいてもおかしくはない。そんな濃密な殺気を一身に浴びているフェイドは柳に風と受け流す。

「なぁ？　そう思うよな？」

瞬間、殺気が周囲に向けて放たれた。

「うっ……」

「ぐっ、これは凄《すさ》まじいな」

「人間にこれほどの者がいたか。やはり勇者！」

何を言っても聞く耳を持たないと判断したフェイドは、さらに濃密な殺気を放ちながら口を開いた。

殺気が濃くなったことで八魔将の面々は苦しそうな表情で膝を突いた。

八魔将はまるで死神の鎌が首元に当てられている気分だった。

「で？　俺は全然構わないがどうする？」

フェイドの背後に漆黒の闇が広がる。

その闇を見て、どこからかゴクリッと生唾を飲み込む音が聞こえる。

一触即発の中、制止する声がかけられた。

「お前達、これ以上は私が許さない」

エリシアである。

「で、ですが、相手は勇者の可能性が――」

エリシアは紅の騎士と、他の将軍へ殺気を放つ。

「私の命令が聞けないのか？」

「――ッ！　申し訳ございません！」

一斉に武器と高めていた魔力を収め、臣下の礼を取る。

エリシアはフェイドに向き直る。

「フェイドもそのくらいにしてほしい。私とフェイドは対等な関係だと思っているのは、私だけなのか？」

エリシアの言葉に、フェイドは放っていた殺気を消して広げていた闇を収める。

エリシアの配下達は、フェイドから放たれていた殺気が消えたことで安心した表情を浮かべた。

八魔将であっても、フェイドの放った殺気を前に生きた心地がしなかった。

ドラゴンの背に乗っていたフェイドはバルコニーに降り立ち、乗っていた黒銀色のドラゴンを闇へと戻すが、その光景を見た魔族達から驚いた声が上がった。

「消えた!?　まさかお前が召喚したのか？」

「そうだ。俺が召喚した」

これ以上は、信用していない者に自身の能力を無暗に教えるわけがない。後から知ることになったとしても信用していない今、話すのは早計というもの。

エリシア然《しか》り、信用するにはまだまだ早すぎるのだ。

エリシアは配下達に、明日玉座の間に集まるように命令をする。

「では私は少し休む」

「ですが、この者は一体……」

「さっき知り合った。人間だが敵ではない」

「信じていいのですか？　危険では？」

紅の騎士の言葉は尤《もっと》もだ。

敵対している人間が魔王城におり、しかも味方だと言うのだ。信用するには些《いささ》か時間も情報も不足していた。

「安心しろ。本当に味方、いや。この言い方には少し語弊があるか」

エリシアはそう言って言い直す。

「フェイドは私達と同じ、人間を敵に持つ者だ。だから手を組んだ」

「同じ敵ですか」

疑心の眼差《まなざ》しがフェイドへと向けられる。

「それに、フェイドが本気を出せば私ですら手に負えないほどに強い。お前達ではすぐに死ぬことになるから、喧嘩《けんか》は売らないように。私はフェイドと敵対したくはない」

「魔王様。冗談、ですよね？」

黒い髪をした美女が信じられないと言いたげな表情で聞き返す。

だがエリシアの目は嘘《うそ》を吐《つ》いていない。

「私が嘘を吐くと思っているのか？」

張り詰めた空気に配下は頭《こうべ》を垂れる。

「い、いえ！　そのようなことは……」

「フェイドは敵ではない。決して敵に回すような真似《まね》だけは私が許さない。いいな？」

「「――はっ！」」

「明日また同じ内容を話すと思うが話は以上だ。フェイドにはすぐに部屋を用意させる」

「助かる」

こうしてフェイドは用意された部屋で、久しぶりのふかふかのベッドで寝ることができるのだった。

8話　恨みは消えない

翌日になり、エリシアに呼ばれたフェイドは玉座の間にやってきていた。

玉座の間には多くの配下である魔族達《たち》が集まっており、そこには昨日フェイドに敵意を向けてきた八魔将の面々も最前列に並んでいた。

エリシアが現れたことで、玉座の間にいる配下全員が膝を突いて頭《こうべ》を垂れた。

「面を上げよ」

エリシアの言葉で顔を上げた全員が、その隣に立っている、フードを被《かぶ》った人物に視線を向けており、みんなが思うことは同じ。

魔王の隣にいるやつは一体何者なんだということだった。

「皆に紹介したい者がいる」

隣に立つフードを被った者に視線が集まるのを見て、エリシアが一歩前に出た。

「この者はフェイドだ」

紹介されたフェイドがフードを外した途端、一斉に敵意と殺意が向けられる。

この場にいる魔族は誰もが強者であったが、その敵意と殺意を浴びてなおフェイドは平然としていた。

「魔王様！　人間ではないですか！」

「どういうことなのかご説明を！」

「なぜこの魔王城に人間を招き入れたのですか！」

魔王であるエリシアに説明を求める声と、人間を招き入れたことに対する非難の声があちこちから上がってくる。

フェイドがやってきた時と同様、敵である人間が魔王城にいるのだからそれも当然だった。

「黙れ」

「ですが！　これはあまりにも！」

エリシアは静かにするように言うも、それでも次々と非難や説明を求む声が寄せられる。

しばらくしても非難は止《や》まずに続き――誰もが押し黙った。

否《いや》。エリシアから放たれる圧によって強制的に黙らせられたのだ。

魔族最強。魔王として君臨しているのは伊達《だて》ではないという証明。

歯向かうという考えすら一瞬で捨て去られる、絶対者としての圧。

「私は黙れと言った。お前達、私の命令が聞こえなかったのか？」

圧《お》しかかる濃密な殺気に面々は一斉に跪《ひざまず》いて頭を垂れる。

エリシアは静まった広間を見渡し、放っていた魔力を解除する。

すると面々から安堵《あんど》の息を吐くのが聞こえた。

静かになったことを確認したエリシアは口を開いた。

「私が厄災の龍《りゅう》、黒龍を仲間に引き入れようとしたことは知っているだろう」

エリシアが黒龍に協力を仰ぎに向かったのは、配下であれば誰もが知っている事実。

エリシアは話を続ける。

「黒龍と戦闘となり、私が死にそうになったところをフェイドに助けられた」

黒龍と戦い、負けそうになったという言葉を聞いて広間がザワついた。

魔族を統べる最強の王が、黒龍を相手に死にかけたという衝撃は大きかった。

中には舌打ちする者がちらほらと存在する。

それはエリシアが死ねば魔王の座が空白になり、その席を狙うことができる者達によるもの。

エリシアは気にする様子がない。

そんな中、八魔将の一人、大柄な男が立ち上がり口を開いた。

「魔王様。そのフェイドという人間は我々の味方なのですか？」

誰もが聞きたい質問であった。

「ハウザー。お前は昨日王都には居なかったな」

「昨日、ドラゴンが王都に来たと聞いています」

エリシアは肯定する。

「まあそれはいい。では質問に答えよう」

エリシアは言葉を区切り、誰もが聞きたいだろうハウザーの質問に答えた。

「私はフェイドと手を組んだ」

「魔王様、手を組んだとは？　仲間とは言い切らないので？」

「その通りだ。フェイドとは共通の敵を倒すために手を組んでいるだけだ」

「共通の敵というのは……」

その質問に答えたのはエリシアではなくフェイドだった。

「人間だ」

誰もが押し黙った。人間が人間を敵と言ったのだ。

フェイドはどうして人間を敵としているのか、その理由を語り出す。

フェイドの説明を誰もが黙って聞いていたが、話が終わるとハウザーが口を開いた。

「フン。やはり人間とは愚かだ」

フェイドはハウザーの言葉を否定しない。

なぜなら、自分が身を以《もっ》て体験したことだから。

「まったく以てその通りだ。勇者も王国もすべて俺の敵だ。俺の復讐《ふくしゅう》を邪魔するやつは誰であろうと許さない」

フェイドから一瞬だけ放たれた殺気に、誰もがゴクリと喉を鳴らした。

一瞬だけだったが、この場の誰もがフェイドの実力を、力の差を否応なく理解させられた。

それでも人間を許せない男は、フェイドに敵意を向ける。

「俺の家族は人間に殺された。それも無惨にな……」

ハウザーは悔しそうに、それでいて恨めしそうにフェイドを睨みつけていた。

それでも魔王の御前故に武器は抜いていない。

「だから俺は人間が許せない」

家族を殺された者の恨みは深い。

だがそれはフェイドも同様のこと。

「人間に家族を殺されたのは俺も同じ。恨む気持ちは理解できる。俺が人間を、勇者を恨むようにお前も人間が憎いのだと」

フェイドの言葉に魔族のハウザーは拳を強く握りしめる。

「ああ、その通りだ。憎いとも」

ハウザーだけじゃない。同じ境遇の魔族達が憎しみの籠もった眼差《まなざ》しをフェイドへと向けている。

「人間の俺に敵意を向けるのも理解できる。立場が逆なら同じことをするだろうからな」

フェイドの家族が魔族に殺されていたとしたら、同じように恨んでいただろうから。

「フェイドと言ったな。このように人間そのものに強い恨みを持っている魔族が多くいる」

男はエリシアへと向き直り膝を突く。

「魔王様。どうかこの者と一戦を交えることを許してはいただけないでしょうか？」

「ハウザー。お前は数少ない八人の将軍の一人であり、魔王軍を動かすのに大切な存在だ。それは理解しているな？」

「はい。承知しております」

「ではどうしてフェイドと戦う？」

「何もせずにいては、一緒に戦うことすら許せないからです」

ハウザーの目には強い意志が宿っており、一瞥《いちべつ》したエリシアはフェイドに尋ねた。

「フェイド、戦ってもらってもいいか？」

「別に構わない。それで納得するなら戦おう」

「ありがとう。それとフェイド、ハウザーを殺さないでくれ」

「分かっている。戦力を減らすような真似《まね》はしない」

これは互いに利用する関係だから。

エリシアとてフェイドのことは利用できる駒の一つとして考えている。

対してフェイドも、エリシア同様に駒としてしか見てない。

「助かる。ではハウザーよ。フェイドもこう言っていることだ。戦うことを許可しよう」

「ありがとうございます。私は殺す気でいかせていただきますが、よろしいでしょうか？」

「殺す気でフェイドと戦ってみるといい。フェイドの異常さが分かるだろう。では場所を移そうか」

こうしてフェイドは八魔将の一人、ハウザーと戦うことになるのだった。

9話　八魔将と支配者の力

現在、フェイドは魔王城の外にある広場でハウザーと向かい合っていた。

周りにはフェイドの実力を見ようと先ほどの広間にいた者達《たち》が集まっている。

大剣を構えるハウザーに対してフェイドは武器すら構えていない。武器を構えないフェイドを疑問に思ったのかハウザーが尋ねる。

「武器を持たなくていいのか？」

「確かにそれとは素手ではやり合えないか」

大剣を見て話すフェイドにハウザーは「ほう」と声を漏らす。

エリシアも、フェイドが一目でハウザーの持つ大剣の性能を見抜いたことに驚いていた。が、それも一瞬ですぐにフェイドなら当然かと納得する。

フェイドは、ハウザーの持つ大剣が〝魔剣〟の類《たぐい》であることを一目で見抜いていた。

魔剣とは、剣自体に魔力が帯び特別な能力が施されている武器を指す。魔剣以外にも槍《やり》など様々な種類が存在している。

フェイドの左手に凝縮した闇が現れ、そこから一振りの漆黒の剣を作り出して掴《つか》み取《と》った。

すべてが黒い剣を見て興味深そうにハウザーが見やる。

「それは魔法で作られた剣なのか？」

「そうだ」

黒魔法で作り出した剣だが、魔剣のような特殊な力はない。ただ頑丈で魔法を斬ることができるくらいだ。

「ほう。それは面白い。では始めるとしよう」

互いに構えるが、この戦いに合図などない。

すでに始まっているのだから。

ハウザーの右足が動いたかと思うと、一瞬でフェイドの一メートル手前まで迫っており大剣が振り上げられていた。

フェイドは迫る大剣を受け止めようとする。

ハウザーの方が体格では優《まさ》っているが、魔物を配下に加えたことで基礎能力が大きく上昇している。受け止めることも弾《はじ》き返《かえ》すことも容易だ。

フェイドは実力を見せるということで受け止めることを選択した。

キンッという金属同士が衝突する音が響き、ハウザーが目を見開いた。

「正面から受け止めただとっ!?」

フェイドの足元の地面が蜘蛛《くも》の巣状にひび割れており一撃の力強さを表していた。

だが重い一撃を受け止めたフェイドの顔色は一切変わらない。

その光景に周囲の者からも驚きの声が上がる。

八魔将の中でも最も力に秀でたハウザーの一撃が、人間であるフェイドによって簡単に受け止められたのだから。

フェイドは受け止めた大剣を弾き返して攻撃に転じる。

攻撃が弾かれたことで体勢を崩したハウザーへと漆黒の剣が迫る。

誰もがハウザーの負ける姿を想像したが結果は違った。

「負ける、かぁぁぁぁぁぁああ！」

ハウザーの魔力が膨れ上がり、衝撃波がフェイドを襲う。

「くっ」

このまま無理に攻めようとはせず、衝撃波に逆らわずにそのまま後退して体勢を立て直す。

そしてハウザーの溢《あふ》れる魔力が大剣へと注がれていく。

「認めよう。お前は強いと。魔王様、少々辺りが荒れるとは思いますがご容赦を」

「構わん」

エリシアの許可が下りたことでハウザーの口元に笑みが浮かび、その手に持っている大剣から凄《すさ》まじい力が放たれる。

ハウザーの足元が溢れる魔力の余波によって蜘蛛の巣状にひび割れる。

「それじゃあ、本気でいくぞ！」

直後、ハウザーの姿が消えた。

そう錯覚するほどの速度で迫り、フェイドの背中を取って大剣を振り上げた。

「もらった！」

振り下ろされた大剣がフェイドを斬り裂き――鮮血が舞うと思われたが、斬り裂かれたはずのフェイドが空気に溶けるようにして霧散して消えた。

「――なにっ!?」

「大した力と速度だ。以前の俺だったら苦戦していた」

声が聞こえた方向に顔を向けると、一カ所に闇が集まり無傷のフェイドが悠然と佇《たたず》んでいた。

「あの一瞬でどうやって躱《かわ》した？」

「俺の創り出す闇はただの闇じゃない」

その言葉で察したのだろう。

「チッ、覚醒者か……」

「ご名答だ」

「だが、その程度で諦めてたまるものか！」

「拘束せよ――貪り喰らうもの《グレイプニル》」

駆け出そうとして空間が歪《ゆが》み、そこから紐状《ひもじょう》に伸びた闇がハウザーの手足を拘束した。

「これは一体!?」

どんなに力を入れても拘束から抜け出すことができない。

ゆっくりと歩み寄ったフェイドは告げた。

「俺はただの覚醒者じゃない」

「何を言っている……？」

ハウザーが説明を求めようとフェイドに顔を向けた瞬間、その足元から周囲に闇が広がりそこから無数で強大な気配が広がる。

「あ、ぁ……」

声にもならない声を上げるハウザーは、その中で一際巨大な気配を感じ取った。

陽《ひ》の光が消えていき、王都全域の空が闇に覆われる。

空が歪み、そこから三百を超えるドラゴンが現れた。

続けて上空に、一際大きな空間の歪みが出現する。

そこから他のドラゴンとは一線を画す漆黒のドラゴンが現れ、その縦に割れた黄金の龍眼《りゅうがん》が下界を睥睨《へいげい》する。

一拍。

——ゴァァァァァァァァッ!!


まさに神威。

ただの咆哮《ほうこう》一発がすべての者に畏怖の念を覚えさせる。

ここに、いくつもの国々を滅ぼした厄災のドラゴンが顕現した。

上空には数百を超える漆黒のドラゴンが待機しており、フェイドの命令を今か今かと待っている。

それ見てハウザーは剣を手放し、乾いた音が鳴り響いた。

「俺の、負けだ……」

ハウザーの降参により、戦いはフェイドの勝利で終わるのだった。

10話　これから

「戻れ」

呼び出した軍勢を闇へと戻す。

誰もが圧倒的な強さと、無数の軍勢を見せたフェイドに畏怖の念を向けていた。

これが人間の手にすることのできる強さなのかと誰もが思った。

一人で世界を滅ぼせるだけの力を備えているのではないかと、すべての者がそう思っていた。

「これでフェイドの強さを理解してくれたと思う。では広間へ戻り今後の動きを話すとしよう」

エリシアはそう言って玉座の間へと一足先に戻っていった。

フェイドはハウザーへと歩み寄って手を差し伸べる。

ハウザーはフェイドの差し出す手の意味を理解して掴《つか》み取《と》り、立ち上がる。

「助かる」

「礼など必要ない」

「……フェイドと言ったな。俺達《たち》はお前の力に頼ることになるだろう」

ハウザーの言葉に、フェイドは「そうか」とだけ答えエリシアの跡を追った。

しばらくして魔王軍の幹部クラスの者達が集まった。

この場にいない八魔将もいるが、その者達は防衛線で魔王軍の指揮を執っているらしい。

エリシアもそれを理解しているために咎《とが》めるようなことは一切しない。

揃《そろ》ったことを確認し、一つ頷《うなず》いて口を開いた。

「揃ったな。では始めるとしようか。と、その前に、フェイドには【八魔将】を紹介しよう。八人いるのだが、この場にいない二人にはある戦線を任せている。また今度紹介することになる。では一人ずつ自己紹介を」

エリシアの言葉に赤髪赤目の男が一歩前に歩み出た。

騎士風の格好をしており、強者としての風格が滲《にじ》み出《で》ている。

「魔王軍第一軍団長、モードレッド」

男はそれだけ名乗ると一歩下がった。

次に黒く艶やかな長髪に紫目の美女が一歩前に出た。

「魔王軍第三軍団長のエレオノーラです。どうぞよろしくお願いしますね、人間さん」

内包する魔力が多く、彼女は魔法で戦闘をするのだと瞬時に理解する。

居並ぶ八魔将の中ではエレオノーラの保有する魔力量が一番多いだろう。

彼女が一歩下がると、次に前に出たのは先ほど戦ったハウザーだった。

「魔王軍第四軍団長のハウザーだ。フェイド、俺はお前を歓迎する」

当初と比べ、ハウザーはフェイドへの人当たりが温厚になっていた。

フェイドはこれがハウザー本来の素なのだろうと考える。

ハウザーが一歩下がると、次に前に歩み出たのは小柄な少女であった。金髪のショートヘアに赤い目をした彼女が名乗る。

「ボクは第五軍団長のテスタ！　よろしく、フェイド！」

フェイドが感じた第一印象は、元気な女の子という感じだった。

保有する魔力量も多く、彼女も魔法を使った戦闘をするのだろうと推測する。

次に前に出たのは水色の長髪と青く透き通るような瞳をした少女。

少女はテスタの頭を撫《な》でながら名乗る。

「ちょっと撫でないでよ！」

撫でられたテスタは不服そうな顔をする。

「ちょうど良さそうだったから。私は魔王軍第六軍団長のアゼッタ。よろしく。ふぁ～……」

それだけ言うと一歩下がって眠そうに欠伸《あくび》をした。

アゼッタの態度を咎めようとする者はおらず、それは魔王も同様のようだった。

これが彼女の個性。だから誰も咎めない。

最後の者が一歩前に出た。

その者は黒い長髪をしており顔は仮面で隠れていた。仮面から覗《のぞ》く赤い瞳がフェイドを見つめる。

「第八軍団長のフェスカー。何かあれば頼らせてもらおう」

鋭く薄い気配を放っており、体つきからも近接戦闘が得意なのだろうと推測する。

フェスカーはそれだけ言うと一歩下がり、エリシアがこの場にいない二人のことを説明する。

前線にいるのは第二軍団長のヴェノムと、第七軍団長のシュロームという二人。

フェイドは八魔将全員の名前を聞いたことがあった。

特に、モードレッドに関しては一人で一軍を相手に剣一本で戦い、蹂躙《じゅうりん》したという話を噂《うわさ》で聞いていた。

付いた二つ名は——【鏖剣《おうけん》】。

魔王軍最強とも謳《うた》われる魔剣士であった。

当然、連合軍はモードレッド並びに八魔将の動きを常に警戒している。

一人でも戦場に現れたら、それだけで脅威になって連合軍に甚大な被害が出る。

故に警戒を怠ることはなかった。

「では、このまま今後の動きを話すことにしよう」

八魔将並びに幹部を含めて会議が始まった。

現在、最も激戦区となっているのは南部の中央戦線。

そこには八魔将がおらず、厳しい戦闘が繰り広げられていた。

「現在、連合軍は中央戦線に複数の勇者とさらに援軍を投入する動きが見られます」

報告をしたのはフェスカーだった。

どうやって情報を集めたのかといえば、手の者を人間領に忍ばせていたのだ。

フェスカーは魔王軍で情報関連を担当している。

「勇者は今、南西と南東にそれぞれ一人いると聞いているが事実か？」

「その通りです。ヴェノムとシュロームが抑えています」

それでも相手は勇者で、このまま続けていても魔王軍の犠牲が増える一方となる。

「ふむ……中央に戦力を集めて一点突破でも考えているのか……？」

エリシアは顎に指を添えながら呟《つぶや》き、隣にいるフェイドに尋ねる。

「フェイドはこの状況をどう考えている？」

エリシアの問いに、フェイドへと視線が集まる。

自身に集まる視線を気にした様子もなく考えを話す。

「……囮《おとり》だろうな」

「中央は囮だといいたいのか？」

フェイドは頷いた。

南西と南東で戦っており、中央に戦力を投入する動きは悪くなかった。

魔王城に向かう途中でも話していたが、連合軍は船の建造を行っている。

攻めてくる時期は不明だが、中央での戦いが始まって激化した頃を見計らって東部の海上を使って上陸して攻めてくると考えていた。

そのことを説明すると誰もが頭を悩ませていた。

「船を作っているとなれば、フェイドの言った通り東部の海上から攻めてくる可能性が高い」

モードレッドはフェイドの説明に納得していた。

フェイドを信じ切ることができない八魔将の面々と幹部達。そこでモードレッドがある提案をフエイドへとする。

「フェイド。お前に東部の防衛を――いや、攻めてくるだろう連合軍を倒してほしい」

ジッとフェイドを見据えるモードレッド。

魔族の敵ではないことを示せってところか。

それに、と考える。

魔王軍の海上での戦力は皆無に等しい。

ワイバーンに乗って戦う部隊も存在するだろうが、敵側に勇者がいるとなれば話は別だ。ワイバーンごと容易に落とされる。

だが、数百を超えるドラゴンを闇の軍勢に加えたフェイドならば、勇者がいても十分に戦うことが可能。

フェイドはモードレッドの提案を承諾することにした。

「別に構わないが、監視くらいは付けたらどうだ？」

監視を付けられなくてもフェイドは連合軍を倒すつもりでいた。その方が他の戦線の戦力を減らさずに済み、効率的に敵を倒すことが可能だ。

「そのつもりだ。魔王様、連合軍の動きを探りつつ、動きがあれば東部に軍を送ってはいかがでしょうか？」

エリシアが首を横に振る。

「ダメだ。中央戦線に割く戦力を考えるとこちらに多大な被害が出る。向かわせてもせいぜい数万が限界だ」

魔王軍は連合軍を相手にギリギリの戦いを強いられており、今取ることのできる戦略は多くなかった。

その数万の兵力は他に回したいだろうな……

エリシアはフェイドが思っていた通り、東の海上を使っていつ攻めてくるかも分からない連合軍を相手に兵力を割きたくなかった。

「エリシア。俺が行く」

「だが、フェイド！」

「モードレッドの言う通り俺が行った方がいい。だから東部は任せてほしい」

エリシアは渋る様子を見せる。エリシアはフェイドを中央の戦線に向かわせたいと考えていた。

フェイドが居れば中央の停滞した状況を打開できると思っていたが……

逆にフェイドが東部に向かえば問題が片付く。これ以上にない良案と言えた。

「兵の数は千もいればいい。正直俺一人で十分だが、人間に守られるとなったら面目も立たないだろう。監視役も必要だろうしな」

その通りで、魔族領が人間一人に守られたとなれば後から非難の声が上がってくることも確かだ。

だが、敵の戦力が分からない以上、下手に戦力を割くわけにはいかなかった。

「しかしだな……」

するとアゼッタが一歩前に出た。

「魔王様、発言の許可を」

「よい。申せ」

「私が監視をやる」

「ふむ。アゼッタにはできれば中央で魔法部隊の指揮を執ってほしかったが理由でもあるのか？」

フェスカーの部下を監視に付けておいてもいいと思うが？」

「私の部下なら監視は容易です。ですがこのフェイドという人間がどれほどの実力をまだ隠し持っているのか分かりません。ですので、万が一に備えるとなれば今手の空いているアゼッタが監視役を担う方がいいでしょう」

エリシアの言葉にフェスカーが提案する。当のアゼッタはというと、面倒くさそうな顔をフェスカーに向ける。

「だからそう言っているんじゃ……面倒くさいけど」

現在魔王軍の総戦力は二百万人強となっており、アゼッタの抱える軍団の規模は、後方支援を含めて十万人となっている。

規模から考えると少ないように見えるが、それは魔法に特化した軍だからだ。

アゼッタが一時離れていても、他に任せれば軍の指揮系統に問題はない。

「ふむ。悪くない。アゼッタ頼めるか？」

「面倒くさいけど、仕方ない」

「では任せた」

「うん」

とても面倒くさそうな表情で頷くアゼッタ。

「フェイドもそういうことだ。いいか？」

「構わない」

そこからさらに詳細に配置などが練られることになった。

数時間にも及ぶ作戦会議が終わり、フェイドとアゼッタは玉座の間に残っていた。

アゼッタはフェイドに遠慮なく言い放った。

「ハウザーとの一戦で実力は認める。魔王様のことは信頼しているけど、あなたのことは信用していない」

正面からこうも「信用していない」と言われたことに、フェイドは内心で驚きつつも納得していた。

他人から「この人は信用できる人」と言われても簡単に信用しないのはフェイドも同じだからだ。

「信用されていなくてもいい。俺は勇者に、人間に復讐《ふくしゅう》するためにエリシアと手を組んだに過ぎない。それはエリシアも理解しているはずだ。無理に信用しろとは言わない」

「そう」

アゼッタはそう言ってフェイドに背を向けて玉座の間を出ていった。

他人からの信用を勝ち取るには相当な努力が必要になる。努力がなくとも、長い月日が経《た》つことで人は信用できるものだ。

だが、フェイドにとって他人から得られる信用などどうでもよかった。ただ、家族や村のみんなを殺し、フェイドを人類の敵と言った者達に復讐するのみ。

それ以外は何も必要ないのだから——……

第2章　憎き勇者に死の制裁を

1話　王国にて

フェイドが魔王城に来てから二週間が過ぎた頃、連合軍の方でも動きがあった。

ミスレア王国の王城の一室に三人の勇者と、甲冑《かっちゅう》に身を包む将軍達《たち》が数名跪《ひざまず》いていた。

跪くその先には、豪奢《ごうしゃ》な玉座に腰をかけて勇者を見つめる、ふくよかな体型に白い髪と髭《ひげ》を貯《たくわ》えた五十代後半の男性。

名前をケイクス・サシャール・ミスレア。ミスレア王国の現国王、その人であった。

「計画の進捗を聞こう」

ケイクスの言葉に将軍が答える。

「では私からご説明させていただきます。まずは現在の戦局からお話ししましょう」

そう言って現在の戦局を話し始める。

「現在、魔族領と人間領を隔てる北西と北東の戦線が停滞しております。中央戦線には十万の戦力を送り戦闘が始まっておりますが、八魔将が出てきたせいか、未《いま》だに拮抗《きっこう》しております」

「数ではこちらが有利なはずだが？　それに勇者を二人も投入しているにもかかわらず、どうして北西と北東は停滞したままなのだ？」

ケイクスの発言に、将軍は「御尤《ごもっと》もです」と答えその理由を説明する。

「魔族は一人一人が我々人間よりも身体能力、内包する魔力量が多いのです。数値で言い表せば、二倍近い差があります」

「何とかならないのか？」

「北西と北東の両方の戦線に追加で十万の兵を送りました。中央には追加で五万の兵と共に、勇者様に出ていただきます」

「だがそれは陽動であろう？」

「はい。本命は現在建造中の軍船を使い、北東の海上から魔族領へ奇襲を仕掛けます。奇襲に使う戦力は二万。少ないようですが、勇者様を筆頭とした戦力で、十分に打撃を与えられるでしょう」

ケイクスは将軍の後ろで跪いている三人の勇者へと顔を向けた。

そのうちの一人は、フェイドの両親と村人達を殺したグレイであった。

「グレイ殿、勝てるか？」

「俺達は勇者です。悪を排除し人類を救う義務があります。勇者の名に誓って勝利してみせましょう」

「うむ」

満足のいく答えが聞けたのか、ケイクスの表情に微笑が浮かんでいる。

次にグレイの右隣にいる、プラチナブロンドの長い髪を後ろで一つに縛り、曇りのない淡い藍色の瞳をした男だった。

名をレイ・ミシェル。またの名を――【閃光《せんこう》】。

「レイ殿はどうだ？」

「お任せください」

「ははっ、頼もしい限りだ。【閃光】の異名が伊達《だて》ではないことを魔族どもに教えてやるのだ」

「はっ」

次にケイクスはグレイの左隣で跪いている美女へと顔を向けた。

瑠璃色の長髪にスカイブルーの瞳をした美女、イレーナ・メルシャス。

氷魔法を得意とする彼女のまたの名を――【蒼天《そうてん》】。

「ではイレーナ殿はどうだ？」

「陛下。私達勇者に任せておけば、魔族など敵ではありません。どうかご安心してください」

「うむ。そなたらに任せたぞ」

「「はっ！」」

中央戦線に二人の勇者、北東の海上から一人勇者が侵攻することになっている。

将軍が作戦の決行日について話す。

「陛下、二週間後に作戦を決行いたします」

「分かった。皆の働きを期待している」

「はっ！」

謁見の間を後にしたグレイは将軍に、誰が中央に行くのかを尋ねる。

将軍は立ち止まりグレイ達に向き直って答える。

「北東の海上には将軍一人とイレーナ殿に行ってもらいます」

「なら、俺とレイが中央で暴れ、注目を集めればいいってことだな？」

「はい。レイ殿も頼みました」

「任せておけ。魔族は俺が皆殺しにする」

一瞥《いちべつ》したレイはそう言って先に行ってしまった。

残ったグレイとイレーナ、将軍はそんなレイの背中を見ながらやれやれと呆《あき》れた表情をする。

「口数が少ないやつだ」

「レイってなんか冷たいわよね」

「お二人はあまりお話にならないのですか？」

将軍は勇者同士ならもっと親しくしていると思ったのだが、二人が首を横に振ったことで意外とでも言いたげな表情を浮かべた。

「アイツは元からあんな性格だ。あまり人と関わろうとしない」

「そうね。顔合わせの時から口数が少なかったわ。そんなことより、私も用があるから先に行くわね」

「なら、俺は訓練所にでも行くか」

残された将軍は溜息《ためいき》を吐《つ》いた。

「まったく。自分勝手な勇者様だ……」

2話　暇な移動

目的地は出立前に聞いており、魔王城がある王都デルザストから東部の要塞までは徒歩で四日の距離がある。

現在は二日目。フェイドは退屈していた。

フェイドだけではない。アゼッタや兵達《たち》も暇そうにしている。

ドラゴンでの移動も考えたが、アゼッタに拒否された。

連合軍側に存在を気付かれたくないとのことだった。

フェイドは現在、アゼッタと千の兵と共に、海上からの攻撃に備えて東部の要塞へと向かっていた。

馬車の荷台に座るアゼッタは、地図を見ながら海岸線を指でなぞり難しい表情をして溜息《ためいき》を吐《つ》くと、のんびりとくつろいでいるフェイドに視線を向けた。

目を瞑《つぶ》っているフェイドが何を考えているのか想像がつかない。

「答えて」

アゼッタがいつもの眠たそうな目とは違い、鋭い目つきでフェイドを睨《にら》む。

広い海岸線を守るにしても、千人程度の戦力で守り切れるはずがない。要塞があるにしても海上からの敵戦力は未知数。何も分からないのではむざむざ兵を死地へと送るようなもの。

故に不機嫌で、「はいそうですか」と納得できるものではなかった。

少ししてフェイドは口を開いた。

「何を答えろと？　質問の意図が分からないな」

「ふざけないで」

攻撃したい衝動に駆られるアゼッタだが、自分ではフェイドに勝てないどころか、傷一つすら付けられないことを理解している。

「この程度の戦力で広い海岸線を守れるわけがない。一体何を考えているの？」

「お前が理解する必要はない」

「――っ」

フェイドの予想外の発言に思わず目を見開いた。

そのようなことを言われると思っていなかった。

だが説明を聞かなければ部下を死地に追いやるだけになってしまい、結果無駄死にを増やすことになる。

八魔将として、軍団を預かる身として決してそのようなことがあってはならない。

「部下を無駄死にさせたくない」

部下を持つ者ならば理解できる言葉だったのだが、残念ながらフェイドは部下を持ったことなどない。

いるのは死んで闇の軍勢として取り込まれた者や魔物のみ。そこに意識などあるはずもなく、魔力が続く限り無限に蘇《よみがえ》るのだから。

フェイドはアゼッタに理解できるように説明する。

「俺には闇の軍勢がいる。上陸される前に空から一方的に殲滅《せんめつ》するだけだ」

「軍勢……？」

フェイドの力を一部しか見ていないアゼッタには『闇の軍勢』がどれほど強いのか理解できないでいた。

ハウザーと戦った時にフェイドは、数百は超えるドラゴンとさらには厄災と恐れられる黒龍《こくりゅう》を呼び出していた。

アレが闇の軍勢の一部なのだと考えたら、どれほどの軍勢がいるのか想像すらできなかった。

それ以上は語ろうとしないフェイドに、アゼッタは問い詰めるのをやめて引き下がった。

それでもまだ納得できないでいた。

「……私が魔王様に代わってしっかりと見極める」

「勝手にしろ。ただし俺の邪魔はするな」

フェイドにとってアゼッタもただの駒に過ぎず、それ以上でもそれ以下でもない。

手を組んだエリシアの配下であるというだけだ。

それから話すことはなかった。

アゼッタは少しすると眠たそうに欠伸《あくび》をしていた。

それで監視は務まるのかと思うフェイドだったが、周囲にはフェスカーの配下だろう魔族達が数名付いている。

フェイドが少しでも変な行動を起こせば、すぐに知らせるために動く。

アゼッタはそれを知っていた。当然、自分だけで監視を務めるのは困難だから。

「俺に対する反発はないんだな」

フェイドの何となく呟《つぶや》かれた言葉にアゼッタが当たり前のように答えた。

「勘違いしないで。人間であるあなたを憎く思う者は多い。でも、魔王様が『フェイドには手を出すな』と言ったから命令を守っているだけ」

「信用されているんだな」

「魔王様がいるから、今の私達がいる」

必要最低限の会話が終わると、話すことがなくなり再び沈黙がやってくる。聞こえるのは行軍の音と風で草木が揺れる音のみ。

木々が生い茂る森林地帯に差し掛かって程なく、フェイドの影から数羽の黒い鳥型の魔物が現れた。

「なっ!?」

大きさは一メートルにも満たない小型の部類だが、突然現れた魔物にアゼッタが驚いた表情を浮かべていた。

「落ち着け。ここは木々に囲まれて見通しが悪いからな。暇だから周囲を偵察しておくだけだ。待ち伏せでもされていたら面倒だからな」

「……そう、ありがとう」

空からの偵察は有難いのでアゼッタは素直にお礼を言った。

「気にするな」

魔物が飛び立つとフェイドが目を瞑った。

「呼び出した魔物と視覚を共有している?」

目を瞑ったフェイドを見て何をしているか尋ねたが、アゼッタの予想は当たっていた。

「ああ。だが一羽しか共有ができないのが難点だ」

目を瞑りながら答えるフェイドに、アゼッタは空からの偵察がどれだけ有利になるのかを考えていた。

戦場で全軍を見渡せれば、敵の防御の薄い個所《かしょ》を狙って一気に攻め入ることが可能になる。

他にも作戦を立案するのにも役立ったりと幅広い活用方法がある。

アゼッタはそんなことを考えつつも、少ししてフェイドに周辺の様子を尋ねる。

「森の中は？」

短い言葉だが、フェイドには言葉の意味が分かっていた。

「問題ない。隠れていても魔力を感知できるから無駄だ。敵がいればすぐに伝える」

その言葉に驚くばかりであった。

そして何事もなく数日が経過してフェイド達は東の要塞に到着するのだった。

3話　復讐《ふくしゅう》の第一歩

要塞に到着したフェイド達《たち》は中に通されて、とある一室にいた。

隣にはアゼッタがおり、対面するのは要塞を任されている魔族の男だ。

その表情は険しく、フェイドに敵意を放ち睨《にら》みつけていた。

「アゼッタ様、なぜここに人間が？」

フェイドのことはまだ軍全体に行き渡っておらず、このような反応は当然であった。

「魔王様と手を組まれた人間」

「なっ!?　あの魔王様が人間を許したというのですか!?」

「私も人間は憎い。だけど、魔王様はこの人間と手を組むことを決めた。魔王様からの伝言」


――決してフェイドとは敵対するな。


「敵対するな？　どういうことでしょうか？」

男には言葉の意味が理解できなかった。

「そのままの意味。納得できないならフェイドと手合わせでもすればいい。ハウザーがそれで手も足も出ずに負けたけど」

「八魔将がっ!?　……分かりました。取《と》り敢《あ》えずお話を伺いましょう」

男はフェイドへと顔を向ける。

その表情には先ほどまでの敵意は消えていたが、それでも警戒しているようだった。

「私はこの要塞を任されているカルトスだ」

「フェイドだ」

「聞かせてくれ。どうして同胞に牙を剥く？」

「仮に八魔将がお前の家族と知り合いを殺したら、そいつらを同胞と呼べるのか？」

強い復讐の念が敵意となって部屋に充満する。

それだけで空間が軋《きし》み悲鳴を上げる。アゼッタとカルトスは、フェイドの敵意にあてられて顔色を青くさせる。

これだけでフェイドが格上だということは否応《いやおう》なく理解させられた。

内包する魔力量ですら自身を遥《はる》かに上回り、魔王であるエリシアすらも超える化け物なのだ。

魔王軍の総戦力を挙げてようやく勝てるかどうかの存在であり、これなら連合軍と勇者を相手した方が遥かにマシと言えた。

それでもなお、カルトスは質問を続ける。

「ま、魔族を恨んではいないのか？」

「恨む？　俺は魔族に家族や村のみんなを殺されたわけじゃない。恨む要素はどこにもない。ただ、敵対すると言うのなら容赦はしない」

放たれている圧がさらに濃密になる。

「わ、分かった……」

「フェイド、落ち着いて」

アゼッタの言葉に自身が冷静じゃなかったことに気付き、心を落ち着かせることにした。

するとすぐに圧が消え二人はホッと胸を撫《な》で下《お》ろした。

「悪い。感情的になりすぎた」

座って感情を落ち着かせるフェイドを見て、アゼッタとカルトスも席に着き話を始める。

フェイドが勇者と人間に抱く敵意が自分達以上であることを理解させられた。

アゼッタは現在の状況をカルトスに尋ねる。

「カルトス、要塞と周辺の状況を教えて」

「はい。現在、要塞に駐留している兵力は千。アゼッタ様と共に来た兵を合わせて二千になります。続いて、周辺の様子ですが――」

カルトスは周辺の様子を事細かに話す。

だが、問題は要塞から半日の距離にある海上だった。

「連合軍は中央に戦力を集め、加えて東部の海上からの奇襲を画策している」

「なっ!?」

アゼッタの説明にカルトスが声を上げて驚く。

「ではここ、東部が戦場になるというのですか!?」

カルトスの言葉にアゼッタは静かに頷《うなず》くことで肯定した。

アゼッタはカルトスに指示を出す。

「カルトスはここで防衛の強化。私達は沿岸と港の防衛強化に向かう。フェイドもついてきて」

返事をせず目を瞑《つぶ》るフェイドを見て肯定と受け取ったアゼッタは、そこから詳細を詰めていく。

「それで問題ないかと思われます。ただ、連合軍の戦力が未知数で、こちらの戦力を上回っている可能性も考えられます」

たったの二千の兵力で連合軍を相手にどうやって戦えばいいのか。カルトスはそれが疑問であり懸念点でもあった。

連合軍が海上から来る可能性があるのにもかかわらず、魔王様はどうしてこれだけの兵しか派遣しなかったのか。

その疑問の答えはアゼッタによって得られた。

「フェイドがいる。元々フェイド一人で連合軍と戦おうとしていた」

「――なっ!?」

カルトスは信じられないとばかりに目を見開いてフェイドを見た。

フェイドは瞑っていた目を見開き答えた。

「魔族は人間の俺をそう簡単に信用しないからな」

その通りだとカルトスやアゼッタは思った。

今まで敵だった人間に「今日から味方だからよろしく」と言われても、簡単に割り切って信用することなどできない。

「連合軍は俺一人で殲滅《せんめつ》する。ただ、取り零《こぼ》した敵がいたらその始末はお前達に任せたい」

ドラゴンを使えば連合軍程度すぐに殲滅できる。

「……なるほど」

「俺の祝福《ギフト》があれば殲滅は容易だ。たとえ勇者がいようともな」

フェイドの勇者という言葉と、放たれる強い気配に二人は息を呑《の》むのだった。

4話　対峙《たいじ》する両者

フェイドとアゼッタが要塞にやってきて一週間ほどが経過した頃。

連合軍は軍船の建造が終わり海上を移動していた。

そんな船団の先頭を行く軍船の一室でくつろいでいる人物がいた。

七人いる勇者の一人。水を操る彼女の名前はイレーナ。

「この茶は誰が淹《い》れました？」

イレーナがティーカップをテーブルに置き、側にいた司令に尋ねる。

「わ、私ですが……」

近くにいた兵が答えた。

「味が薄いのだけれど？」

原因は他ならない、魔族との戦争が原因である。

すっかり怯えてしまった水兵に代わって、司令が答えた。

「現在は魔族との戦争中で物資不足でもあります。ですので、供給できる物資にも限りがあります」

「そう。でも勇者である私がいるのだからもっと潤沢でもいいいと思うのよね……」

「はい。ご理解いただけて何よりです。今はまだ我慢していただければと」

この作戦が終わって帰れば、この憂鬱で退屈な時間ともお別れでき、また美味《おい》しいお茶やお菓子がたくさん食べられる。

そう思うと少しはやる気が出てくる。

「さっさと終わりにして帰りたいわ。船での生活は息苦しくて嫌だわ」

「そうですね。私も含めて全員がそう思っております」

会話が終わりイレーナは再びティーカップを口元に持っていき唇を湿らせる。

カチャッとティーカップを置く音が室内に響き、退屈な時間がしばらく続いた。

まだまだ退屈な時間が続くと思われたが、少しして外が騒がしいことに気付く。遅れて司令も気付いたようだ。

「外が騒がしいですね」

「何かあったのかしら？」

すると一人の兵士が勢いよく扉を開けて入ってきて報告する。

「ほ、報告です！」

「どうした？」

「ド、ドラゴンが、ドラゴンの大群が現れました！」

「なにっ⁉」

「なんですって⁉」

イレーナと司令の驚きの声が重なる。

このような海上にドラゴンが現れることは滅多《めった》になく、ましてや大群で現れるなど決してない。

なんせドラゴンは群れないのだから。

ドラゴンが群れるなど誰も聞いたことがなく、故の驚きだった。

侵行作戦に合わせてドラゴンに、まして大群に遭遇することなど天文学的な確率である。

「まさか、待ち伏せか？」

司令が最も可能性が高いことを呟《つぶや》いた。

だが、と頭を悩ませる。

「ならどうして作戦が漏れている？」

「内通者がいる？」

「今の連合軍には魔族の変装を見破る術《すべ》があります。スパイが入り込むようなことはありません」

「ならどうして……」

そんな中、イレーナは一つの可能性が頭に過《よぎ》る。

それは、四年前にグレイが逃したという祝福《ギフト》持ちの少年――フェイドだった。

今まで辺境の村や街で確認されて討伐隊が向かっていたが、そのすべてが返り討ちにされていた。

それでもドラゴンを倒して従えるほどの実力を持っているとは到底思えなかった。

すぐさま外に出て確認すると、少し離れた海上の上空に無数の、それも三百を超えるドラゴンの大群を視認した。

「なによ、これ……」

大群を見たせいか、イレーナの中でフェイドの可能性はすぐさま消え去った。

フェイドがどれほど強くても、これだけの数のドラゴンを従えるのは不可能だと思ったから。

勇者である自分ができないのだから、フェイドには到底不可能だと。

そう決めつけていた。

加えて、その先頭にいる黒銀色のドラゴンに関しては、明らかにどのドラゴンと比べても格が違っており強力な魔力を放っている。

ドラゴンの放つ魔力がピリピリと伝わってくる。

イレーナは周りを見て思考を巡らせる。

どう考えてもあの数を相手に勝つことは不可能であり、勝ったとしても作戦続行は不可能と断言できる。

もし撃退し魔族領に攻め入っても、ドラゴンと戦ったことによる損害と疲弊は大きく、魔王軍に殲滅《せんめつ》されるのがオチだ。

だからイレーナは瞬時に判断を下す。

「司令さん。これは撤退するしかないわね」

「イレーナ様の言う通りですね。このまま通してくれそうにもありません。八魔将が複数いる可能性もありますからね」

船団を睥睨《へいげい》するドラゴンの大群を見てそう判断した。

この数のドラゴンを相手して、さらに八魔将の相手など到底不可能であり、勝てたとしても消耗が激しすぎる。

だがそう簡単に逃がしてくれるほど相手は甘くなかった。

「全軍に告げる！　今すぐ――」

その瞬間、司令の言葉はドラゴンからブレスが放たれたことで遮られることになった。

放たれたブレスは複数の軍船を巻き込んで爆発し、海の藻屑《もくず》となる。

「なっ……」

ブレスの威力を前に静寂が場を支配する。

そんな中、先ほどのブレスを放った黒銀色のドラゴンがゆっくりと、イレーナの乗る先頭の軍船へと近づいてくる。

周囲は武器を構えて警戒しているが、イレーナはドラゴンが攻撃をしてくるとは思えなかった。

その理由は、ドラゴンの背に乗る黒衣の人物がこちらを見て口元に笑みを浮かべていたから。

だが目元はフードで隠れていて分からないが、気配だけで強者だと判断できた。いや、本能がそう告げていた。

近づいてきた者にイレーナが警戒しつつも尋ねる。

「あなたが八魔将？」

イレーナの言葉に黒衣の人物は可笑《おか》しそうに笑い口を開いた。

「俺が八魔将？　勘違いはやめていただきたいね」

「わ、私は七勇者の一人、イレーナ・メルシャス。【蒼天《そうてん》】とも呼ばれているわ」

その瞬間、一瞬だが黒衣の人物から殺気が放たれた。

その殺気を浴びたイレーナは冷や汗を流し、逃げたい気持ちが溢《あふ》れ出《だ》すも必死に押し殺し表情を読み取られないようにと心がける。

イレーナは深呼吸すると黒衣の人物に尋ねる。

「名乗るのが礼儀ではなくて？」

黒衣の人物はゆっくりと、被《かぶ》っていたフードを外して名乗る。

「フェイドだ」

見覚えのある顔は、人類の裏切り者として手配されていた人物像とそっくり。

フェイドの口元が弧を描く。

「――さあ、勇者。俺の復讐《ふくしゅう》に付き合ってもらおうか」

その瞬間、フェイドから圧倒的なまでの気配と魔力が放たれるのだった。

5話　復讐《ふくしゅう》の始まり

フェイドが鳥型の魔物で周囲の偵察をしていると、海上の方に無数の点が確認できた。

さらに近づいて観察するとそれらの点は軍船であり、フェイドは思わず鼻で笑ってしまった。

「フェイド？」

フェイドは立ち上がる。

「行くぞ。お出ましだ」

その言葉でアゼッタは何が来たのかを察する。

「私は何をすればいい？」

フェイドが扉まで向かうと立ち止まりアゼッタに告げる。

「勝手にしろ。ただし、勇者は俺が殺す。邪魔はするなよ」

一瞬だけ向けられたフェイドの目を見て思わず息を呑《の》んだ。

その目は「誰にも邪魔は許さない」と告げていた。

部屋を去っていくフェイドをアゼッタは急いで追いかける。

外に出たフェイドは足元から闇を広げ、軍勢のドラゴン達《たち》を呼び出す。

アゼッタは次々と現れるドラゴンを目にして思わず目を見開く。

見るのはハウザーとフェイドが戦った時を含めて二度目となる。

一体一体の強さもそうなのだが、最も目を引いたのは黒銀色のドラゴンであった。

現れた瞬間の気配が他と比べて尋常ではなく大きかった。

その黒銀色のドラゴンが頭を下げたのでフェイドがその背に飛び乗った。

「一緒に行くなら早く乗れ。置いていくぞ」

アゼッタは頷《うなず》いて飛び乗り、現れたドラゴンに驚いている部下達に命令する。

「後から来て。それと海岸線の防衛を固めて」

アゼッタの命令に部下の魔族達は遅れて「はっ！」と返事をして急いで準備に取りかかる。

ただ疑問に思うのが、自分達は一緒についていけないのかということだった。

それでもフェイドの圧に気圧《けお》され、何も言うことはできなかった。

そしてフェイドとアゼッタは要塞を後にして海上へと向かい、程なくすると無数の点が見えてきた。

「フェイド。アレが？」

「そうだ」

頷くフェイドを見て、アゼッタは再び船団を見つめる。

船団の数は百隻。一隻あたり二百人が限度と考えると、多くとも二万の軍勢ということになる。

連合軍はドラゴンの大群を見て驚いており、撤退しようとする動きが見えたのでフェイドは命じた。

「先頭の右隣の船を沈めろ」

黒銀色のドラゴンが命令に従ってブレスを放つ。

放たれたブレスが軍船に直撃して爆発し、海の藻屑《もくず》となり消え去った。

その光景に海上が静まり返り、フェイドが先頭の船へと近づくと声が掛けられる。

「あなたが八魔将？」

彼女の発言にフェイドは可笑《おか》しくて笑ってしまった。

「俺が八魔将？　勘違いはやめていただきたいね」

「私は勇者の一人、イレーナ・メルシャス。【蒼天《そうてん》】とも呼ばれているわ」

勇者という言葉を聞いたフェイドがイレーナへと殺気を放つ。

知ってはいても、勇者という言葉を本人から聞けば否応《いやおう》なく反応してしまう。

イレーナはフェイドから放たれる殺気を浴びて、冷や汗を流しつつも名前を尋ねた。

「名乗るのが礼儀ではなくて？」

フェイドは被《かぶ》っていたフードを外して名乗る。

「フェイドだ」

彼女の表情の変化を読み取ったフェイドは、自分のことはすでに知られていると判断し、それでも復讐するべき相手がやってきたということで口元が弧を描いた。

「――さあ、勇者。俺の復讐に付き合ってもらおうか」

6話　勇者への復讐《ふくしゅう》Ⅰ

軍船に乗っている魔法士達《たち》が一斉にフェイドへと両手を向ける。次第に魔力が高まっていき、魔法が放たれようとしていた。

フェイドがゆっくりと片手を挙げると、周囲を飛んでいるドラゴンの腹部が口内に向かって紅《あか》く染まっていく。

それを見た船団の者達から焦った声が上がる。

「ブレスが来るぞ！」

「早く対処を！」

「フェイド。まさか人間を殺す気なの!?」

イレーナの問いにフェイドは呆《あき》れてしまう。

フェイドにとっては今更な質問。

「俺は人類の裏切り者だからな。それに言ったはずだ。俺はお前達に復讐すると。グレイから聞いていないのか？」

たっぷりの殺意を込めてイレーナを睨《にら》みつけると、小さく「ヒッ……」と悲鳴を漏らした。

それでも勇者である彼女は、グッとフェイドを睨み返す。

「やはりあなたは人類の裏切り者ね！」

「先に俺を裏切ったのはそっちだ。危険だから殺すと」

「それは人類が生き残るためよ！」

「話しても無駄だな。話すことさえ不快に感じる。——焼き払え」

何を言っても意味がないと判断したフェイドは挙げていた腕を振り下ろし、連合軍へと死の宣告を下した。

振り下ろされたことで一斉にブレスが放たれたのと同時、イレーナは叫ぶように魔法士達に命令する。

「急いで結界を展開しなさい！　このままだと全滅よ！」

放たれた無数のブレスは、連合軍の船団を包み込むように展開された結界によって阻まれた。

だがそれも一瞬で、次の瞬間には結界に一つの亀裂が生じた。

生じた亀裂は勢いよく広がっていき、次の瞬間には結界を破壊してブレスが半数の軍船を呑《の》み込んだ。

イレーナが乗っていた軍船は、さらに結界を張ったことで何とか凌《しの》いでいた。

それでも結界が破壊されて少なくない被害が出ていた。

一度のブレスで船団が半壊されたという事実がイレーナに突き付けられた。

「嘘《うそ》でしょ……」

これでは作戦を続行するどころではない。

「凄《すご》い。これがフェイドの力……」

そんな中、フェイドの隣にいる少女の呟《つぶや》きが聞こえたイレーナがその人物へと顔を向けた。

「……あなたは？」

感じる魔力が今まで相手にしてきたどの魔族よりも多いことから、警戒の眼差《まなざ》しを向ける。

「アゼッタ」

「その名前、八魔将……」

アゼッタが自己紹介した瞬間、イレーナがキッとフェイドを睨みつけた。

「あなた、どうして魔族なんかと一緒に!?」

フェイドは可笑《おか》しそうに鼻で笑う。

「何が可笑しいの？」

「可笑しいも何も、俺は共通の敵がいるから手を組んだに過ぎない」

「そう……」

イレーナはゆっくりと立ち上がり、震えを抑え込み口元に笑みを作る。

「いいわ。作戦は失敗だけど、ここであなたを殺してその首を持っていけばきっと喜ばれるわ。だから——ここで死んでちょうだい」

持っていた杖《つえ》で木の床を叩《たた》いて魔法名を紡いだ。

「——蒼龍《そうりゆう》」

すると周囲の海面から海水が空へと伸び、一匹の龍のような形を作った。

イレーナが笑みを浮かべながら杖を横に振るうと、振るわれた杖に合わせて蒼龍の顎門《あぎと》が開かれてブレスが放たれる。

フェイドは迫るブレスを見つめながら徐《おもむろ》に手のひらを向ける。

「黒き盾《エグニス》」

結界が展開されるのとブレスが直撃するのは同時だった。

「その程度の防御、すぐに破壊してみるわ！」

しかし、一向に破壊できないフェイドの結界に苛立《いらだ》ちが生じる。

「どうして。どうしてあんな結界を破壊できないの！　水魔法の最上位魔法なのよ⁉」

破壊できない理由はフェイドによって解き明かされた。

『黒き盾《エグニス》』は黒魔法にある防御魔法の一つ。その効果は魔法攻撃の魔力を半分吸い取り、吸い取った分結界が強化されるというものだ」

「なっ、何よその魔法！　卑怯《ひきょう》だわ！　黒魔法なんて聞いたことも……」

並大抵の攻撃では結界は破れないということになる。

いくら攻撃しても、残りの魔力であの数のドラゴンを相手にしないとならない。今のうちに私だけでも逃げられれば――

その時、イレーナはフェイドと目が合い、その口元が歪《ゆが》んだのを見てしまった。

「――逃げられると思っているのか？」

「――ヒィッ……」

復讐の意思しかない瞳を見て、小さな悲鳴の声が零《こぼ》れた。

蒼龍のブレスが止《や》んだことで結界が解けると、フェイドは右手を挙げておりドラゴン達がブレスを放つ態勢へと移行していた。

「そ、蒼龍！」

イレーナは慌てて杖を振るい蒼龍に命令する。

顎門を開きブレスを放とうとする蒼龍。

「無駄なことを。——黒蝕《イクリプス》」

空間が歪み、そこから漆黒の腕が伸びてブレスを放とうとする蒼龍を掴《つか》んでいく。

漆黒の腕に掴まれた個所《かしょ》は黒く染まり、次第に全身へと広がっていく。

そのまま藻掻《もが》く蒼龍はただの海水となって消え、腕も消滅した。

「う、嘘……」

思わずそう呟いてしまうほどに、信じられなかった。

「当てが外れたか？　まあいい。先頭の船以外は焼き払え」

無慈悲に告げられた死の宣告。

フェイドの掲げられていた右手が振り下ろされると、命令を今か今かと待機していたドラゴン達からブレスが軍船に向けて放たれた。

放たれたブレスは次々と軍船を呑み込み海へと沈めていき、ものの数秒でイレーナが乗る軍船以外は消え去った。

7話　勇者への復讐《ふくしゅう》Ⅱ

フェイドがドラゴンから軍船の甲板に降り立つと、アゼッタも追うように降りて首を傾《かし》げた。

「どうして敵の懐に？」

「復讐をするからだ。お前は黙ってそこで見ていろ」

有無を言わせないフェイドの圧にアゼッタは押し黙ってしまう。

フェイドはアゼッタを一瞥《いちべつ》しイレーナへと一歩ずつ歩み寄ると、多くの兵士が取り囲んで矛先を向けた。

その中から一人の男が歩み出る。

「人類の反逆者、フェイドだな？　私はこの船団を率いている司令、将軍マルド。身柄を拘束させてもらう」

「へぇ……」

フェイドは取り囲む兵士を見て男に告げる。

「この程度で俺を捕まえられると思っているのか？」

兵としては上等なのだろうが、フェイドからしてみれば有象無象《うぞうむぞう》と変わらない。

「ふんっ。こちらには勇者殿もいるのだ。覚悟することだな」

先ほどの光景を前になおも強気な態度を取るマルドに、フェイドは可笑《おか》しさのあまり笑ってしまう。

囲まれているのにもかかわらず余裕な態度を取っているフェイドは教える。

「お前は余裕そうだが、頼りにしている勇者はそうではないみたいだが？」

「なに……？」

マルドがイレーナを見ると、先ほどまでの余裕な態度とは裏腹に、青ざめた表情でガクガクと震えて怯《おび》えていた。

それもそのはずだ。

自慢の魔法を簡単に消滅させられたのだ。

マルドは状況が理解できていなかった。

ここでフェイドを倒せば形勢逆転だと思い込んでいた。

「イレーナ殿、いかがなさいましたか？　あの反逆者を殺すいい機会です！」

何も分かっていない男の発言にイレーナは内心で舌打ちをする。

なんで分からないのよ!?　見て分かるでしょ！　フェイドが化け物みたいに強いって！

勇者であるイレーナから見ても、フェイドの力は底が知れないのだ。

どうやって逃げようかを考え、フェイドを見る。

その目は確実にイレーナを捉えており、見逃がしてはくれそうにない。

こんなところで死ぬなんて御免よ……！

だがフェイドの目はイレーナから離れない。

そしてここで死ぬ覚悟を決めて力強く見返した。

「ほう。覚悟ができたようだな」

「ええ。たとえ我が身を滅ぼすことになっても、ここであなたを倒して魔族を滅ぼすことにしたわ」

「別に魔族が滅びようと俺はどうもしない」

フェイドの発言にピクリと眉を動かして問う。

「なんですって？　手を組んだと言うからには味方なのでしょう？」

「別に魔族が滅びようと、俺は俺の復讐を為《な》すのみ。勇者を殺し、王国を潰すのみだ」

フェイドの回答に誰も何も言えなかった。否《いや》。フェイドから放たれる圧がそれをさせなかったのだ。

「あいつを取り囲みなさい！　絶対に逃がさないで！」

「雑魚《ざこ》をいくら集めたところで結果は変わらない」

雑魚呼ばわりに、周囲を囲んでいた兵士達《たち》から殺気が放たれる。

「我が軍の精鋭を雑魚呼ばわりだと!?　ドラゴンがいなければ威張れないお前が雑魚と言うか！　殺《や》れ！」

「待ちな――ッ!?」

嫌な予感がしたイレーナが思わず止めに入ろうとして、目の前の光景を見て言葉が出なかった。

襲いかかった兵士達の足元から黒い棘《とげ》が伸び心臓を的確に突き刺した。

数十人もの兵士がたった一つの魔法で死んだ。

その事実に誰もが動きを止め、言葉を失った。

そして、死んだ兵士が広がった闇へと呑《の》み込まれて消えるという、異様な光景に息を呑んだ。

「――出てこい」

フェイドが静かに呟《つぶや》く。

すると、足元に広がっていた闇から漆黒の鎧《よろい》に身を包んだ兵士達が這《は》い上《あ》がるようにして現れた。

「な、なんだ、その力は！　一体何なのだ、その祝福《ギフト》は!?」

司令が異様な力を目の当たりにして叫ぶ。

「自分で考えることだな。――殺せ」

フェイドは闇の軍勢に命令を下す。

そして、命令された闇の軍勢は周囲の兵士達へと襲いかかり戦闘が始まった。

次々と倒されていくのだが問題はそこではなかった。

一人の兵士が、倒したはずの漆黒の騎士が蘇《よみがえ》るのを見て後退《あとずさ》る。

「な、なんでだ。倒したのに……」

「どうして蘇るんだ……！」

また一体倒されるも、ものの数秒で蘇る。

イレーナも魔法で応戦するのだが、倒しても倒しても蘇る漆黒の騎士を見て苦虫を噛《か》み潰《つぶ》したような表情を浮かべる。

「これだとキリがないわね……」

周囲を見ると、兵は疲弊して次々と倒されては闇へと引きずり込まれ、新たな漆黒の騎士が生まれる。

軍船ゆえに逃げ場などなく、戦う以外の選択肢はない。

海に飛び込んで逃げようとした者は、海面に落ちる直前にドラゴンの放つ炎で灰へと変えられてしまう。

どこにも逃げ場などなく、待っているのは〝死〟のみだった。

気付けば二百人はいた兵士が、残り数十人まで減っていた。

フェイドは攻撃していた闇の軍勢の動きを止めて下がらせると、イレーナ達の前に歩み出た。

「今がチャンスだ！　殺れ！」

そこにチャンスと思ったのかマルドが迅速な命令を下す。

フェイドを囲んだ兵士達も千載一遇のチャンスと思い襲いかかった。

「学ばないのか？」

その行動に呆《あき》れながらもフェイドは、足をトンッと鳴らした。

すると襲いかかってきた兵士達の足元から、先ほどの漆黒の棘が現れて一瞬で命を刈り取った。

そして残ったのは、マルドとイレーナのみとなった。

8話　勇者への復讐《ふくしゅう》Ⅲ

フェイドはマルドに顔を向ける。

「お前には興味がないからそこで大人しくしておけ」

フェイドの物言いにマルドは顔を赤くする。

「私はミスレア王国軍の将軍の一人だぞ！」

「だからどうした？　用があるのは勇者の方だ」

フェイドにとって将軍などその他大勢と何も変わらない、どうでもいい存在だ。

興味がなくなったとばかりに、顔すら見ないフェイドに苛立《いらだ》ったマルドは激怒し、怒りで剣を強く握りしめる。

「お前はそこで大人しくしていろ。先にお前だ」

フェイドはイレーナへと手のひらを向けた。

「——黒槍《ダークランス》」

漆黒の槍《やり》がイレーナへと放たれた。

イレーナにフェイドの攻撃を防ぐ術《すべ》はない。

どうすれば生き残れるかを必死に思考を巡らせて模索し、怒りに震えているマルドが視界の端に入りニヤリと嗤《わら》う。

ここにいい肉壁がいるではないかと。

「こっちに来なさい！」

イレーナは隣に立つマルドを引っ張り自身の前へと出す。

「ゆ、勇者さ——ごはっ」

フェイドの放った黒槍がマルドの腹部を貫いた。

「ぐっ……ど、どういうこと、ですか……？」

「私が生き残るためよ。だからもう死んでいいわよ」

「何を、言って……」

そこでマルドは思い出す。勇者達《たち》が行ってきた数々の残虐非道な行いを。

そして、勇者達の性格は破綻していることを。

マルドの瞳から光が消えた。

イレーナは死んだマルドには目もくれず、フェイドのことをジッと見据えていた。

「……将軍を壁にするとは、それでも勇者か？　お前は仲間の死を悲しまないのか？」

「ええ。とても悲しいわ」

「そうは見えないな」

フェイドはイレーナの表情を見て悲しんでいるとは到底思えなかったし、そもそも人類を救うためと言って国民を殺す勇者が悲しむとは思えなかった。

死体となったマルドを一瞥《いちべつ》したイレーナの表情はとても冷たい。

「勇者《私》のために死んだのだから彼も本望でしょう」

そう言ってイレーナは語る。

「私はね。いつも誰かを苦しめたいという欲求があるの。勇者をやっていると、人々が困っている場面に遭遇することが多いでしょう？　苦しみと苦痛に染まった顔を見る機会が多いから、まさに私にピッタリなお仕事なの！」

到底人間とは思えないことを語るイレーナは、まるで聖女のように優しく微笑《ほほえ》む。

「狂っているな」

「自覚しているけど、あなたに言われたくないわ。同じく頭のネジが外れているじゃない」

「俺をこうしたのはお前ら勇者と王国だ。俺は復讐するために強くなり、ここまで生きてきた」

「ふーん。まあ、そんなことはどうでもいいのだけど。あなたの復讐する理由なんてどうでもいい。生きている理由だってどうでもいい。どうして強くなったのかさえもどうでもいい。何もかもどうでもいい。ただ——私が楽しければそれでいいの」

どうでもいいと言われたことで、フェイドの眉が僅かにだがピクリと反応する。

他者にとってはどうでもいいことであっても、フェイドにとってはどうでもよくないこと。

これまで生きてきた理由が「どうでもいい」と否定されたのだ。

「つまり、俺の復讐はどうでもいいと？」

「ええ。だって私には関係ないもの」

関係ないと言うが、フェイドを殺そうとした勇者の一員である。

彼女は自分が満足できればそれでよく、満足する結果を得るためなら他はどうでもいい。そんな利己的な考えをするエゴイスト。

否《いや》。七人の勇者全員がエゴイスト思想の持ち主なのである。

「そうか……で、随分と余裕な態度だが逃げられると思っているのか？」

「あなたがいくら強くても、これだけのドラゴンを召喚してさらには黒い騎士も操っている。もう魔力も残っていないんじゃないかしら？　マルドを殺した先ほどの魔法で残りも僅かなはず。それにあなたは魔法を使い、騎士を操っていることから近接戦が得意じゃなさそうね」

先ほどの戦闘でフェイドは近接戦の一切を行っていない。

加えてイレーナは魔法を主軸とした戦闘を行うが剣が扱えないわけではない。腐っても勇者と呼ばれるだけの実力を兼ね備えているのだ。

故に勝てると確信していた。

イレーナにとって一番の問題はフェイドではない。

彼を倒したとしても、問題はあの八魔将ね……

眠そうな目をしているアゼッタを見る限りではこちらに手を出そうとはしていない。

むしろ、戦いたいけどフェイドがそれをさせていないようにも見えた。

実際、アゼッタは勇者であるイレーナを前にして戦いたくても、フェイドに何か言われるのではないかと思って手を出せないでいた。

微笑むイレーナは瞬時に魔法で氷の剣を作り出し、フェイドに詰め寄って斬りかかった。

あと少しでフェイドを斬れると思ったところでキンッと防がれた。

「近接戦が得意じゃないと思っているなら大間違いだ」

イレーナは思わず目を見開いた。

フェイドの手には漆黒の剣が握られていた。

「――ぐうっ!?」

弾《はじ》き返《かえ》されたことでイレーナは後ろに飛ばされ、空中で体勢を立て直して着地する。

剣を構えてフェイドを見ようと顔を上げ――目の前に漆黒の剣が己を断罪しようと迫っていた。

防ごうとして構えたが、振るわれた漆黒の剣は氷の剣を綺麗《きれい》に切断する。なおも迫る剣を前に、イレーナは後ろに飛んで回避したが避《よ》けきれずに鮮血が舞った。

「くっ……」

着地したイレーナは痛みで苦痛の表情を浮かべつつ傷を見る。幸いにも脇腹を掠《かす》めただけのようで戦闘の続行は可能。

そこからフェイドによる一方的な攻撃が行われ、イレーナの体に傷が増えていく。

魔法で対抗しようにもすべてが深淵《アビスフィア》の渦によって吸収されて攻撃の一切が通らない。

しばらくするとそこには、傷だらけで至る所から血を流しているイレーナが立っていた。

イレーナは肩で息をしながらもフェイドの顔を見ると、口元に笑みを浮かべていた。

「ま、まさか楽しんでいるの……？」

許せなかった。

これから多くの魔族を殺して楽しむはずだったのに。

気付けば逆の立場にいる。

「お前が殺す時のように、ゆっくり嬲《なぶ》り殺すつもりだ。楽に死ねると思うなよ。今まで殺してきた者の気持ちを存分に味わうといい」

「ヒィッ……」

濃密な殺気にイレーナの口から小さな悲鳴が漏れ出る。

今まで向けられたことのなかった濃密な殺気を浴びたイレーナは、無様に尻もちをついて後退《あとずさ》る。

「こ、来ないで！　あっちに行きなさい！」

近づくフェイドに向けて必死に魔法を放つがすべてが黒い渦へと呑《の》み込まれ、魔力としてフェイドに還元される。

イレーナの背中に壁が当たる。逃げ場などもうなく、その向こうは海となっている。

イレーナが意を決し、飛び込もうとして……

「逃げられないと言ったはずだが？　拘束せよ——貪り喰らうもの《グレイプニル》」

「——あっ、が……」

虚空から伸びた黒い紐《ひも》がイレーナの手足を捕らえ、フェイドは首を掴《つか》み上《あ》げた。

イレーナに顔を近づけて告げる。

「まだ俺から逃げようとは愚劣極まりないな。だがお前は俺の大切なものを奪ってはいない。だから特別に……」

笑みを浮かべて首を絞める力を弱めると、イレーナは見逃してくれると思ったのか安心した表情を浮かべる。

それ見たフェイドの口元が吊《つ》り上がった。

「——恐怖と絶望、苦痛の中で生きてきたことを後悔しながら死ぬといい」

「なん、で……!?」

「言ったはずだ。『楽に死ねると思うなよ』と」

瞬間、イレーナの表情が絶望に染まる。

フェイドはアゼッタに告げる。

「ここから先は俺の復讐だ。見ていてもつまらないだろうから先に帰ってもいいが？」

するとアゼッタは首を横に振った。

「いい」

一言そう言うとアゼッタはフェイドの近くで復讐を見守ることにした。

アゼッタの役目はフェイドを監視することで、ここで帰るわけにはいかない。

フェイドは拘束されたイレーナに向き直る。

「まずは手始めに爪でも剝《は》がそうか。その後は皮膚を削《そ》ぎ、炙《あぶ》り……」

聞くだけでも嫌な単語を耳にしてサーッと顔を青くさせる。

「や、やめっあぁぁ――」

ベキッと爪が剝がれ激痛に叫び声が海上に響き渡る。

フェイドは次々と爪を剝がし、続いて皮膚を剝ぎ、死なない程度に焼いて痛みを増幅させる。

絶叫にも近い叫び声が海上に木霊《こだま》する。

そして傷を治しては何度も同じことを繰り返す。

それらを見ていたアゼッタは、「こんなにも残酷なことができるのか」と思わず目を背けてしまう。

それほどまでにフェイドの行いは見るに堪えなかった。

しばらくすると、そこには涙と唾液、体液を流しながら抵抗の意思すらなくなり「ごめんなさい」と何度も繰り返すイレーナの姿があった。

徐《おもむろ》にイレーナの髪を掴み上げて視線を合わせる。

すると小さく「ヒィッ」という悲鳴が聞こえ謝り始めた。

「ご、ごめんなさい！　もう許して！　二度とあなたの前には現れないし逆らわない、誰も殺さないと誓うわ！　それに勇者も辞める！　だから——」


——許して。


そう言葉を続けようとして、向けられたフェイドの目を見て言葉を呑み込んだ。

向けられた瞳の奥には、消えることのない憎悪の炎が宿っていた。

濃密な殺気がイレーナに向けられる。

「お前は許しを乞うた者をどうした？　楽しみながら殺しただろう？　死に際が愛《いと》おしく思えるんだろう？」

イレーナは悟ってしまった。

この男には自分を生かすという選択は最初からないのだと悟ってしまった。ならば早くこの苦しみから抜け出そうと、懇願することを選択した。

楽になる方法は死ぬしかない。

「……して。私を殺して……」

「――まだだ」

「……え？」

顔を上げてフェイドを見ると、冷酷な目でイレーナを見下ろしていた。

「お前にはもっと苦しんでもらう」

「そ、そんな……」

堪えがたい苦痛は続き、再び悲鳴が木霊する。

最後には何も喋《しゃべ》れなくなり、痛みで悲鳴を上げるだけだった。

フェイドは最後とばかり、漆黒の剣を取り出す。

剣先をイレーナに向けるも何も反応を示さない。

イレーナはすでに、喋る気力さえもなくなっていた。

「――いっ!?」

足のつま先に鋭い痛みが走った。

俯《うつむ》いているせいでつま先に刺さった剣がよく見える。

漆黒の剣が自身の足に突き刺さっているのが。

フェイドは突き刺した剣をグリグリと回す。するとイレーナは激痛から叫び声を上げる。

順に太もも、両手、脇腹、腹部と突き刺しては捻《ひね》ることで痛みを増幅させる。

絶叫が響き渡り——黒い剣閃が走った。

遅れてイレーナの首が落ち、甲板に血が広がる。

勇者を殺したというのに、その瞳に感情はない。

するとフェイドの足元から闇が広がり、イレーナの死体が闇へと引きずり込まれた。

少しして黒銀色のドラゴンを呼び出しフェイドが乗ったのを見て、アゼッタも飛び乗り要塞に向かった。

飛び立ってから程なくして、アゼッタがフェイドに尋ねる。

それまでは声をかけられる雰囲気ではなかったから。

「……気分は？」

「少しだけ気分が和らいだ。だけど俺の復讐は終わっていない。すべての勇者と王国に復讐するまでは……」

フェイドは海へと顔を向ける。

太陽が水平線に近付くと、空が鮮やかなオレンジ色に染まる。

「そう」

アゼッタは黄昏《たそがれ》る空を眺めながら静かに返事を返すのだった。

9話　次なる復讐《ふくしゅう》に向けて

フェイドとアゼッタが連合軍の船団を殲滅《せんめつ》して要塞に戻ってくると、カルトスが急いで駆けつけてきた。

「アゼッタ様、連合軍の方は？」

「……フェイドが殲滅した」

「殲滅、ですか……」

殲滅と聞いて、カルトスは恐ろし気な視線をフェイドへと向けた。

フェイドはカルトスが見ていることに気付く。

「俺は復讐をしただけだ」

「では、まさか勇者を……？」

カルトスの質問に答えたのはフェイドではなくアゼッタであった。

「死んだ」

復讐の様子を思い出したアゼッタの顔色が悪くなる。

何があったのかを聞こうとして、喉元まで出かけていた言葉を呑《の》み込んだ。

アゼッタの顔色を見て、聞かない方がいいと判断したのだ。

聞いても碌《ろく》なことではないと。

「なるほど……それと、中央の戦線が押されているとの報告がありました」

「ほんと？」

カルトスは真剣な表情で頷《うなず》いて報告を続ける。

「勇者を二名確認したようです」

勇者という単語にフェイドが反応する。

「その勇者が誰か分かるか？」

「はい。【閃光《せんこう》】レイ・ミシェルと【劫火《ごうか》】グレイ・ヘウレシス――っ!?」

その瞬間、周囲に濃密な殺気が充満する。

殺気にあてられたアゼッタやカルトスは思わずフェイドを見た。

周囲の者は、フェイドの濃密すぎる殺気にあてられて尻もちをつき、中には気絶する者まで現れる。

「フェイド、落ち着いて」

「ここでそんな殺気を出すな！」

二人の声にフェイドはハッとして殺気を収める。

二人は安堵《あんど》するも濃密な殺気にあてられたその顔色は青い。

周囲を見渡したフェイドは謝罪する。

「すまない。感情的になりすぎた」

「……正直キツかった。これからは気を付けて」

「善処するよ」

フェイドは「それで」と続ける。

「勇者は今もまだ中央にいるんだな？」

「お、恐らく。フェイド殿が軍船を殲滅したということは、人間どもにはまだ伝わっていない。なら作戦が成功すると思って戦っていることでしょう」

「なるほど。叩《たた》くなら今がチャンスというわけか」

「はい。ですが……」

カルトスの顔色が優れない。

「どうした？」

「いえ。中央戦線は連合軍の戦力が多く、なんとか食い止めている状況とのことです」

アゼッタは「分かった」と返事をし、フェイドに顔を向けた。

「出発は？」

「今すぐだ」

「そんなすぐに準備できない。兵に休息を取らせたい」

アゼッタとて今すぐにでも向かいたい。それでも疲れた兵をそのまま戦場には送れない。

すぐに死ぬのが目に見えている。

「なら数時間だけだ。夜明け前には発《た》つ。遅れたら俺だけで行くからな」

「分かった」

「だがアゼッタの言う通りだ。無駄に死なせると後でエリシアが文句を言うだろうからな」

向こうから申し出た関係とはいえ無駄に戦力を減らさないようにしなければ。この関係に亀裂を入れたくはなかった。

フェイドの言葉にアゼッタは目を見開きすぐに頭を下げた。

「フェイドのこと、勘違いしていた」

「急にどうした？」

「最初は裏切ると思ってた。でも違った。ちゃんと魔王様のことを考えていた。だからごめん」

「魔族と人間は敵対している。どこかで見下す部分はあっただろうさ」

「ありがとう」

アゼッタは深く頭を下げた。

事実、フェイドがいなければ厳しい戦いになっていたはずだ。そして中央にも援軍として行くことすら叶《かな》わなかっただろう。

故にアゼッタはフェイドに感謝していた。

「お前も、みんなも早く休めよ」

彼女の感謝が伝わったのか、フェイドは背を向けて去っていった。

「そうする」

アゼッタはフェイドの後ろ姿を見送り、兵達《たち》に指示を出すのだった。

10話 【劫火《ごうか》】と呼ばれる勇者

翌朝、陽《ひ》がまだ昇っていない薄く霧がかかった早朝。

フェイド達《たち》はドラゴンに乗って要塞を飛び立った。

数日かけて来た道のりを僅か数時間足らずで移動している。ドラゴンの移動速度は速く、アゼッタのみならず兵士達も驚いていた。

これほどの速さで移動しているのだから風の影響もあるはずだが、そこは魔法を展開しているので風の抵抗や寒さはさほど感じない。

陽が天高く昇った頃、遠方で煙が上がっているのを目視で確認できた。

「あそこが中央戦線か」

遠方から見ても分かるほどに、魔王軍は連合軍を相手に押されている。

さらに近づくと、二人の人物が一人の魔族と戦っていた。

一人は爆炎を操り、もう一人は閃光《せんこう》のように鋭い剣を振るっていた。そんな二人の勇者を相手していたのが魔王軍第四軍団長のハウザーであった。

切り傷や火傷《やけど》の痕が目立つが、勇者二人を相手に持《も》ち堪《こた》えているのは流石《さすが》と言えた。

だがそれよりも、そんなことよりも。

「グレイ……」

フェイドから濃密な殺気が敵である連合軍と、仇《かたき》である勇者グレイに向けて放たれた。

◇　◇　◇

一方戦場では、誰もが迫るドラゴンの大群を見て動きを止めていた。

それらは強大な魔力と力を有するドラゴンであり、それらが群れを成してやってきたことに驚きを隠せないでいた。

「ドラゴンが群れているだと!?」

グレイの呟《つぶや》きに、ハウザーが笑みを浮かべた。

「これも魔王軍の手勢か」

「まさかドラゴンの軍勢を隠し持っていたとは厄介だな」

レイとグレイは迫るドラゴンを見て目を細めた。

ドラゴンと戦えば多くの犠牲が出るのは確実だった。

現時点で最も優先すべきなのは、目の前の八魔将であるハウザーを倒すこと。レイとグレイが頷《うなず》き合った。

お互いに考えることは同じ。

ただ、追い詰められているはずのハウザーが、どうしてこの状況で笑みを浮かべているのかが不思議だった。

援軍が来たからか？

だとしても関係ない。

「――ここで倒す！」

グレイから炎が噴き上がり、レイの魔力が研ぎ澄まされていく。

今まさに、二人が駆け出そうとして――上空から濃密な殺気が戦場に降り注いだ。

「「――ッ!?」」

まるで心臓を握られているような、そんな重圧があった。

二人はゆっくり、殺気が放たれる方向へと振り返る。

そこには一際大きな黒銀色のドラゴンがおり、その背に乗っている黒衣の者から濃密な殺気が放たれていた。

「なんつー殺気を放ちやがる……」

「同感だ。まるで死神の鎌が首筋に当てられている気分だ」

ドラゴンの背から、今もなお殺気を放っている黒衣の者が、勇者とハウザーの間へとゆっくりと降り立った。

表情はフードを深く被《かぶ》っていて分からない。

「その気配、まさか人間か？」

「馬鹿言え。ドラゴンを従えることができる人間がいるわけがないだろ……！」

敵味方の区別なく辺り一面が濃密な殺気に包まれる。戦場の誰もが動けないでいた。連合軍も魔王軍も、勇者やハウザーですら一歩も動けなかった。

そんな中、殺気を放つ黒衣の人物が、勇者の二人にゆっくりと歩み寄って口を開いた。

「久しぶり、だな？」

聞き覚えのない声にグレイが反応する。

「はぁ!?　お前なんか知らねぇよ！」

すると残念そうに、それでいて呆《あき》れたように溜息《ためいき》を吐《つ》いた。

「はぁ……まさかグレイ。俺の顔を忘れたとは言わないよな？」

「顔が見えないんだ。分かるわけがないだろ！」

グレイが怒鳴るも、隣のレイは冷静になっていた。それでもこの濃密な殺気の中では一歩も動けない。

動けば殺されると。

レイは黒衣の男の言葉を聞いて、グレイが過去に何かやらかしたのではないのかと推測する。

「お前はすぐに人の顔を忘れそうだからな」

「――なっ!?」

侮辱されたことでグレイの顔が憤怒で真っ赤に染まる。

気付けば殺気も収まっており、動けることを確認したグレイは剣を強く握って黒衣の男を殺すべく駆け出した。

レイの勘が「あの男は危険だ」と判断し、グレイを制止する。

「グレイ、待て！」

「うるせぇ！　コイツは俺を馬鹿にしたんだぞ！」

「だから待てと言っている！　コイツは何かおかしい！」

勇者を前に動じず、さらには辺り一帯にまで影響を及ぼすほど濃密な殺気。

この殺気だけで連合軍の兵士が数百は死んでいたことにレイは気付いていた。

この黒衣の男は異様で、非常に危険だ。

「死んでおけ！」

肉薄し、炎を纏《まと》った剣が振るわれる。男は迫る炎の剣を紙一重で回避すると、どこからともなく取り出した漆黒の剣で攻撃を弾《はじ》いた。

弾かれたことでグレイが吹き飛ばされる。

「ぐっ！」

吹き飛ばされながら空中で体勢を立て直し、レイの真横に着地すると男を睨《にら》みつけた。

「落ち着けよ、勇者」

レイはグレイの攻撃を軽くあしらった男を警戒する。

当初は魔法士だと思っていたが、グレイの攻撃を軽くあしらった動きを観察して違うことを確信する。

つまりは自分達と同じ強力な祝福《ギフト》を有していると。

だが、と思う。

勇者は神の加護を受けており、祝福《ギフト》持ちよりさらに強いと。

「グレイ。お前には俺の顔を忘れたとは言わせない」

そうして男はフードを取った。

「お、お前は！」

真っ先に反応したのはグレイだった。

それも当然だ。あの時殺そうとして、持っていた祝福《ギフト》が覚醒して逃げられたのだから。

幼かったがあの時の少年の面影は残っている。そしてあの憎悪の籠もった目は忘れもしない。

「――フェイドか」

「正解だ。さあ、あの時の続きを始めようか」

フェイドの口元が弧を描くのだった。

第3章　勇者なき世界に向けて

1話　復讐《ふくしゅう》と蹂躙《じゅうりん》

ハウザーの側《そば》にアゼッタが降り立つ。

「ハウザー、大丈夫？」

「ああ。アゼッタもいるとなると、向こうは片付いたのか？」

ハウザーの言う『向こう』とは、東部の海域から攻めてきた連合軍のことを指していた。

当然、アゼッタも言葉の意味を理解している。

「フェイドが一人で殲滅《せんめつ》した。私が出向く必要なかった」

改めてフェイドの強さの異常性を目の当たりにしたことで、魔王であるエリシアが協力を頼むのも納得がいくというもの。

アゼッタは「敵じゃなくて良かった」と心の中で安堵《あんど》する。

アゼッタの言葉は勇者である二人の耳にも届いた。

「まさか、イレーナが敗れたのか？」

「あの女は計算高い冷酷なやつだ。しくじるとは思えない。あの言葉が本当だとしたら、どうして作戦が――まさか！」

レイがフェイドを見る。

「二ヵ月ほど前に、街でお前を見たという報告を商人がしていたが、その時に計画が漏れたのか」

「だがイレーナを倒したというのは嘘《うそ》かもしれない。俺達《たち》の動揺を誘っている可能性を考慮しないといけない」

「確かにハッタリかもしれない、か」

二人はフェイドがイレーナを倒したことを信じていないようだった。

突然、フェイドの足元から影が広がっていき、そこから二人も見たことがある人物が現れた。

「イ、イレーナ、なのか……？」

「これは一体……」

以前の面影はあるも全体的に黒く判断要素に欠ける。それでも持っている杖《つえ》は彼女が持っていたものと同じであり本物だった。

故に認めざるを得なかった。この黒いのがイレーナ《本物》だと。

「イレーナの……アンデッドだと!?」

「テメェ！　あの時のように死んだ者をアンデッドにして何が面白い！」

王国を含むほとんどの国では、死んだ者をアンデッド化して蘇《よみがえ》らせるのは法で禁じられており、それを犯した者には死罪が待っていた。

フェイドは二人の勘違いを鼻で笑い訂正する。

「アンデッドなんかと一緒にするな。これは俺の――軍勢だ」

「軍勢、だと？」

「そう。グレイ。お前は俺の祝福《ギフト》が覚醒したのは知っているはずだ」

「忘れもしないさ。この手でゆっくりと殺そうと思って逃げられたからな」

「なら知っているだろう？　俺が死んだ者や魔物を闇の軍勢として配下に加えられることくらい。アレから四年。俺は力を蓄え、配下を増やしてきた。これがその成果だ」

そう言ってフェイドは足元の闇を広げる。

広がる闇は空間までをも侵食して次々と漆黒の軍団が現れた。

ドラゴンやワイバーン、兵士に魔物が続々と現れ、その数は数万にも及び、周囲を埋め尽くした。

空に巨大な闇が広がり、曇天の空を覆った。

「一体、何が出てくるというのだ……」

次の瞬間には一匹の漆黒のドラゴンが顕現する。


――グルァアアアアアアアアッ！

咆哮《ほうこう》一発。

すべての者に畏怖の念を植え付ける咆哮は正しく神威。

黒龍《こくりゅう》の顕現に戦場にいたすべての者が動きを止めた。

「ま、まさか……お前は厄災のドラゴンを倒したとでも言うのか!?」

「国を一夜で滅ぼしたと伝わる厄災のドラゴン、黒龍……」

その黒き龍の顕現に、グレイとレイが震えた声で呟《つぶや》いた。

そしてフェイドは、溢《あふ》れる黒い魔力と殺気をコートのように纏《まと》い、口元を歪《ゆが》めて笑みを深めた。

「鏖殺《おうさつ》の時間だ」

2話　鏖殺《おうさつ》の始まり

フェイドはアゼッタとハウザーに命令する。

「二人とも軍を下がらせろ」

「――なっ!?　そんなことをしたら戦線がすぐに崩壊する！」

「フェイド、ここは一緒に――」

「聞こえなかったか？」

「――ッ!?」

向けられた冷たい視線に二人は思わず息を呑《の》んだ。これ以上何かを言えば殺意の矛先がこちらに向けられると。

それでもアゼッタは言わずにはいられなかった。

「分かった。下がらせる。だけど私も戦う」

「好きにしろ。グレイ《こいつ》は俺がもらう。そっちの勇者はどうする？」

グレイはこの手で殺すと決めていたが、レイに関しては二人の立場もあるからと譲った。

「いいのか？」

ハウザーが確認するとフェイドは、「構わない。お前らの面目もあるだろうからな」と言って話を早々に切り上げてゆっくりと歩を進める。

その間にハウザーが魔法を使って後退するよう軍に指示を飛ばすのを尻目に、フェイドも闇の軍勢へと命令を飛ばす。

「敵を皆殺しにしろ。一人たりともここから逃がすな」

命令が下されると、闇の軍勢は一斉に動き出し連合軍を蹂躙《じゅうりん》し始めた。

その光景を横目に、フェイドはグレイへと歩み寄り、数メートル手前で立ち止まった。

「フンッ！　あのまま逃げ隠れしておけば死なずに済んだものを」

上から目線の物言いはあの時と変わらない。

「御託はそれだけか？　なら、俺達《たち》も始めようか」

グレイに待っている未来はただ一つ。

〝死〟――のみ。

それ以外の選択肢など、与えるつもりもない。

「あの時のガキが、少し強くなったからって粋がっているんじゃねぇぞ！」

グレイから魔力が噴き上がり、怒り具合を表していた。

「俺の前に再び現れたこと後悔させてやる！」

グレイの持つ剣に炎が纏《まと》わり付《つ》く。

ただの剣ではなく、火の神と火の精霊が祝福した聖なる剣。名を――『聖剣イグニス』。

世界に七本ある聖剣のうちの一つだった。

最初に動いたのはグレイ。

動いたのと同時に足元を爆発させることで、その爆風を利用して加速する。一瞬でフェイドの懐へと潜り込み聖剣を振るった。

聖剣がフェイドの首へと吸い込まれる。

取った。そう思い笑みを浮かべ――聖剣が空を切った。

「――なっ!?」

驚きで声が漏れ出る。空振ったことで体勢を崩し、死に体となったグレイの腹部が蹴り飛ばされた。

「かはっ⁉」

肺の中の空気が吐き出されたグレイは無様に地面を転がり背後の瓦礫《がれき》に衝突する。

「うっ、ぐぅ……この程度……」

瓦礫をどかしながらも立ち上がったグレイはフェイドを睨《にら》みつけた。

「どうした。その程度か？」

グレイの足元の影が動き、それは漆黒の槍《やり》となって背後から突き刺そうと迫った。

迫る槍はグレイの背中を突き刺すかと思われたが、ギリギリで横に飛んだことで回避する。

急所を逸《そ》らされた攻撃だったが、避《よ》けられたことにフェイドは思わず目を見開いた。

「厄介だが、避けられないほどじゃないな。不意打ちが失敗して不満か？」

「なに。これなら少しは楽しめそうだと思っただけだ。すぐに殺してはつまらない」

「ほざくなよ、ガキがっ！　だがまあ、俺をイラつかせた礼だ。とっておきを見せてやる」

グレイが聖剣を天に掲げると、空に十数メートルほどの幾何学模様の魔法陣が展開されて輝きが増した。

「今度こそ、お前の親のように焼き尽くしてやる」

その発言に、フェイドの眉が僅かに反応して殺気が漏れ出すもすぐに心を落ち着かせる。

グレイの顔に笑みが浮かぶ。

この魔法ならフェイドを倒せる、と。

「――極点の劫火《ミル・スフェラ》」

拳ほどの緋色《ひいろ》の球体が、水滴のようにゆっくりと地面に落下していく。

地面に当たった瞬間、緋色の光が爆《は》ぜた。

それは地面を溶かしながら周囲を焼き尽くし、ものの数秒で直径百メートルほどのクレーターが形成された。

「ハハッ！　ざまぁないぜ、死にぞこないが！」

この魔法に耐えられる者は存在しない。今までの強敵だってこの魔法で倒してきた。だから生きていられるはずがないと。

そしてグレイがクレーターの中心部を見て驚愕《きょうがく》の声を上げた。生きているはずのない彼が、そこに立っていたから。

フェイドに目立った傷はなく、黒衣を叩《はた》いて土埃《つちぼこり》を落としていた。

「な、なぜ……どうして生きている!?」

3話　この世界に勇者は必要ない

「この程度の魔法がお前の本気か？」

なぜあれほどの魔法攻撃を食らって無傷で立っていられるのか。

並大抵の魔法で防げるほど、勇者であるグレイの攻撃は甘くない。

どうやって無傷でいられたのか。その答えは簡単。フェイドは影に潜ったのだ。

フェイドの持つ祝福《ギフト》は『黒の支配者』と呼ばれるもので、闇魔法は当然のこと、影すらも自在に操ることができる。

一々影に潜らなくとも、『深淵の渦《アビスフィア》』で、着弾寸前で呑《の》み込めば解決していたのだが、フェイドはグレイの攻撃が自分には通用しないと思わせたかった。

「それで、次はないのか？」

「ぐっ……」

自身が持つ魔法で最高ともいえる魔法がこうも簡単に防がれたグレイは、恨めしそうな視線をフェイドに向ける。

「なら次は俺の番だな」

言葉と同時、フェイドの姿が掻き消えた。一瞬で喉元へと迫った漆黒の剣先を、グレイはギリギリで回避することに成功する。目の前には空振ったことで死に体を晒《さら》すフェイドの姿。

危なかったが、このチャンスを逃すはずがない。

「死ねっ！」

炎を纏《まと》った聖剣がフェイドを右肩から深く斬り裂いた。

だが、斬り裂かれたフェイドの体から血は出ることなく、代わりに黒い霧となって霧散するようにして消えた。

「――なっ!?」

「それは影で作り出した分身だ」

背後から聞こえるフェイドの声にグレイは動きを止め、背後へと全神経を集中させる。

状況はまるで、捕食者を前にした小動物の気分。

「一体いつの間に……」

「それを教えるとでも思っているのか？」

「チッ」

簡単なことだ。直前に闇魔法で虚像を作り出し、本物は先に移動して背後を取ったに過ぎない。

グレイが振り返り様に剣を薙《な》ぐが、そこにフェイドの姿はなかった。

気付けば元の位置に戻っている。

「魔法は得意のようだな。その腕ならイレーナを倒したのも納得だ」

グレイは聖剣を構え直して動いた。

左手に灯《とも》した炎の弾を地面へと放つと爆発で砂塵《さじん》が舞い、フェイドの視界を奪う。正面から斬り込んでもフェイドなら避《よ》けると判断し、左側面の死角へと回り込み最速で踏み込んで聖剣を薙いだ。

だが、キンッという甲高い音が鳴り響き、グレイは目を見開いた。

フェイドは死角からの攻撃を防いでいた。

「近接戦ができないとでも思ったか？」

漆黒の剣と、炎を纏う真紅の聖剣が火花を散らす。

「クソッ！」

思わず悪態を吐《つ》くグレイだが、それでも立て続けに攻撃を加える。激しい剣戟《けんげき》の応酬が続くも、埒《らち》が明かないと判断して一度距離を取ることにした。

「なんだ、その身体能力は！　俺は勇者で加護があるから分かる。お前には加護もなく、あるのは祝福《ギフト》のみだ。それで勇者である俺と対等に戦えるその力は異常すぎる！」

「異常か？　お前も知っているだろう？　俺が『覚醒者』だということに」

「覚醒者だとしても、普通はここまでの規格外の力を持っているわけじゃない」

「なら良かったじゃないか。こうして知ることができたんだから」

「ほざけっ！」

聖剣を振るったことで炎の斬撃が生まれる。炎の斬撃がフェイドへと迫るも、同様に剣を振るうことで漆黒の斬撃を放つ。

二つの斬撃が衝突するも、炎の斬撃が一瞬で消し飛ばされる。だがフェイドの放った斬撃はまだ生きていた。

思わず悪態を吐きつつも、その場から飛《と》び退《の》くことで回避する。

「どうして魔族の味方をする!?」

「魔族は俺の大切なものを奪ってはいない」

「それだけで人類に敵対すると？」

フェイドから今まで以上の殺気が放たれる。

「〝それだけ〟だと？」

「何を言ってる……？」

グレイにはフェイドの言っている言葉の意味が理解できなかった。

フェイドは言葉を続ける。

「勇者は人類の敵を倒し人々を救う存在なんだろう？　しかし、その判断や行動が誤っていた場合、その勇者は誰が正す？」

「違うな。俺達《たち》が倒した相手が人類の敵なんだ。それが俺達の正義というものだ」

「ならどうして民を殺す？　誰も反対しないのか？」

「殺すことに反対？」

グレイは可笑《おか》しそうに笑い答える。

「国にとって危険になる人物は早々に殺すべきだ。戦いが終わり、疲弊したところを後ろから刺されるかもしれないからな」

グレイは「それに」と続ける。

「殺した時の感覚、相手の苦痛に染まった顔は見ていて楽しいからさ。弱者は死ぬことで救われる。分かったか？」

「……下種《げす》が」

「ハハッ、なんとでも言うがいいさ。俺は勇者として人類のために戦っているんだ。少しくらい殺しを楽しんだっていいだろう？」

裏で殺戮《さつりく》を楽しむ勇者など、断じて勇者などではない。

だから……

「――この世界に勇者は必要ない」

４話　勇者に永遠の苦痛を

「この世界に勇者は必要ない、だと……？」

「お前のように苦しみや嘆き、恐怖を蜜として啜《すす》るような下種《げす》は世界にとって不要な存在だ」

「俺達《たち》勇者は神によって選ばれた存在だ。つまりは、世界に選ばれた存在なんだよ！　何をやろうと俺達の行いは正しいのさ！」

グレイは誇るように言い張る。

勇者とはなんだ。正義とは一体なんなのか？

そのような考えが思考を駆け抜ける。

「不幸だと嘆く者に、助けを求める者に手を差し伸べるのが勇者であり、それが真の正義じゃないのか⁉」

「俺が勇者だからやることすべてが正しく正義なのさ。神が認めた存在だからな」

「まったくもって下らない。とても幼稚な考えだ」

「幼稚だと？　勇者や正義に理想を抱いているお前の方が幼稚じゃないのか⁉」

「お前のようなクズとは話していても埒《らち》が明かない。時間の無駄だ」

「そのようだな」

フェイドが漆黒の剣を構えると、グレイも聖剣を構える。

両者は睨《にら》み合《あ》い――動いた。グレイが斬撃を放ち、手のひらをこちらに向けた。

「――炎の牢獄《フレア・プリズン》！」

斬撃を弾《はじ》いた直後、フェイドの足元に魔法陣が展開されると炎の牢獄《ろうごく》に閉じ込められた。

逃げ場を失ったフェイドの周りを囲む炎の牢獄は、徐々に狭くなっていく。残り一分ほどで完全に収縮してフェイドは焼かれることになる。

だがフェイドは余裕な態度を崩さなかった。

「この程度で俺を倒せるとでも？」

「思っちゃいない！　――炎龍《えんりゅう》！」

グレイの背後に、以前の比ではないほど巨大な炎のドラゴンが現れた。

「これで終わりだ！　すべてを焼き尽くせ！」

命令に従い、炎龍は顎門《あぎと》を開き超高温のブレスを放った。

放たれたブレスは地面を融解しながらフェイドへと迫り――漆黒の魔力が螺旋《らせん》を描いて天を衝《つ》いた。

炎の牢獄は破壊され、地面を這《は》いずる黒い影から一匹の龍が現れてブレスを喰《く》らった。

予想外の光景にグレイの口から「は？」という間の抜けた声が漏れ出た。

漆黒の龍はその数を増やし炎龍へと迫り、噛《か》みつき、次々と喰らっていく。

ものの数秒で跡形もなく炎龍は消滅し、漆黒の龍はフェイドの周囲をグルグルと回り、グレイを睨みつける。

「な、なんだ、それは……何が起きた!?」

「これは黒魔法の一つ。あらゆるものを喰らう魔法――『全てを喰らいし暴龍《バハムート》』」

「そんな魔法、出鱈目《でたらめ》すぎる……！」

グレイにはまだまだ魔力は残されていたが、それでもこの男に勝てるのかと疑念が過《よぎ》る。だがすぐにその考えを払拭する。

勇者が負けるはずないと。

「クソッ！　クソクソクソッ！　この勇者《俺》が負けるはずがない！」

そこからグレイはフェイドを殺すべく様々な魔法を放つも、そのすべてがバハムートによって一切合切を喰い尽くされる。

それでもなお戦おうとする姿はまさしく勇者。

だが……

「そんな顔は止《よ》してくれよ。俺はお前の苦痛と絶望に染まった顔が見たいんだ」

「――ぐぅっ!?」

グレイの死角の影から漆黒の棘《とげ》が伸びて鮮血が舞った。

「だ、がっ！」

聖剣を握る右手に力が入り地を蹴った。

フェイドは迫るグレイを冷たい瞳で捉えていた。

そして、あと数メートルで剣が届きそうになり――影から伸びた槍《やり》が右足を貫く。

「がぁあっ!?」

痛みで無様に地面を転がるグレイに、フェイドが歩み寄る。

剣を振るえば届きそうな距離で立ち止まり、グレイが剣を薙《な》いだ。だがグレイの剣は漆黒の剣によって容易《たやす》く防がれてしまい聖剣が手から離れ宙を舞い地面に突き刺さる。

「聖剣がなくとも……」

フェイドはそれでも立ち上がろうとするグレイの、その右手を剣で突き刺して地面へと縫い付ける。

「あぁああああああ！」

叫び声が聞こえるも、さらに漆黒の剣を作り出して左手へと突き刺した。両手が地面に縫い付けられており、右足は貫かれたことで血が流れ出している。

「ふむ。左足が残っているな」

「なっ!?　やめ――ぎゃぁああああ！」

さらに作り出された漆黒の剣が左足の太腿《ふともも》を貫き鮮血が舞う。

「さて、お前には父さんと母さんを殺された恨みに、村のみんなの仇《かたき》を取らないとな」

「い、一体俺になにをするつもりだ……!?」

怯《おび》えた目でフェイドを見るグレイに口角が吊《つ》り上《あ》がる。

「言ったはずだ。生きてきたことを後悔するまでと。死にたいと、殺してくれと懇願するまでお前には絶望を味わってもらう。なに、安心しろ。死にそうになったら回復して最初からやってやる」

グレイに待っているのは〝死〟のみ。

そして突き刺さっていた漆黒の剣が消え、ポーションがかけられたことで傷が癒える。そこに虚空から漆黒の紐《ひも》が伸びてグレイを一瞬で拘束する。

もはや逃げることは不可能。

「さあ、楽しい復讐《ふくしゅう》の時間を始めようか」

5話　邪魔する者

イレーナにしたのと同じことをし、さらには指の一本一本を少しずつ刻み、欠損が生じるたびにポーションや魔法で治す。

時間が許す限り何度も何度も繰り返す。

周囲の魔族達《たち》はフェイドの所業を見て青い顔をする者や顔を逸《そ》らす者、中には吐く者までいた。

もういいだろう。

誰もがそう思う中、フェイドは手を止めない。

とっくにグレイの精神はボロボロになっており、そこに勇者としての威厳は残っていない。

「や、やめてくれ……！　もう、もうやめてくれ……！」

懇願するもフェイドは聞く耳を持たず、拷問ともいえる所業を淡々と作業のごとく続ける。

「や、やめ――――があああ!?」

周囲にグレイの激痛に苦しむ叫びが響き渡る。

誰も助けようとはしない。なぜなら、闇の軍勢によってすでに連合軍は崩壊しており、潰走しているからだ。勇者を助けようとする者はこの戦場に存在しない。

その逃走する兵達も、空からドラゴンのブレスが襲い焼け死ぬばかりだ。

誰一人この戦場から逃げることが許されず、すべてが闇の軍勢によって殺されていく。それを離れた場所から見つめる魔王軍の面々。

「もう、こんなのは戦いじゃない」

誰かが呟《つぶや》いた。

見えるのは闇の軍勢によって蹂躙《じゅうりん》される連合軍の姿。あまりに一方的で、戦いと呼べるものではなくなっていた。

「フェイド、これはもう戦いなんかじゃない！」

グレイにも魔王軍の声は届いており、これをチャンスと思いそう告げたのだがフェイドは興味などなかった。

心底どうでもいい。

「……それで？　それを俺に言ってこの状況が変えられると思っているのか？　俺は最初に言ったはずだ。蹂躙すると」

「なっ!?　お前はそれでも人間か！」

「人間さ。俺をこんな風に変えたのもお前達人間だ」

その言葉にグレイは何も言い返せないでいた。

当然だろう。フェイドをここまで豹変《ひょうへん》させたのは、紛れもないグレイ自身なのだから。

「さて。これを耐えれば許されるとでも思っているのだろうが、俺はお前を許した覚えはない」

フェイドの発言を聞いてグレイの顔色が青くなっていく。この地獄から抜け出せないのだと理解して。

永遠にも思えていた時間がまだまだ続くのかと。

グレイにはこれからイレーナが受けた以上の拷問が待っているのだ。

「少し休んだだろう。それじゃあ――続きを始めようか」

「く、来る――ひぎゃぁあああ！」

闇の腕がグレイに伸びて手足を折った。それだけでは終わらない。続けて手足の爪を剝《は》がし、皮膚を剝ぎ死なない程度の炎で焼いて痛みを増幅させる。

この程度では終わらない。これはイレーナにもやったことだから。

フェイドは漆黒の剣を作り出して手足の先から心臓に向かってゆっくりと突き刺していく。血が流れ、今にも死にそうなグレイを回復させてもう一度行う。

何十回と拷問を行っていると後ろから声をかけられ、近くに何かが投げ捨てられた。

「いい趣味とは言えないな」

投げられたものは、ボロボロの姿で死んでいる――レイの姿だった。

「レイッ!?」

グレイがレイの死体を見て叫ぶ。

グレイを無視してフェイドが振り向くと、ハウザーとアゼッタが歩いてきていた。ボロボロとまではいかないが、それなりに傷を負っていた。

「これは俺の復讐《ふくしゅう》だ。お前達には関係ない」

向けられた視線にアゼッタはビクッと肩を震わせる。ハウザーもこれ以上は余計な摩擦を生みたくはなかったので引き下がることにした。

「殺すのか？」

「当たり前だ」

「なっ!?　助けてくれないのか！　俺は勇者だ！　情報だって持っている！」

そんなグレイにハウザーは冷たい瞳を向けただけで助けようとはしない。

ハウザーにとって、勇者は敵であり同胞の仇《かたき》である。助ける理由などありはしない。

代わりにフェイドが答えた。

「お前は許しを乞う者に何をした？　助けを乞う者を楽しそうに殺していたのを俺は知っている。そんなお前が許しを乞う権利など未来永劫《みらいえいごう》ありはしない。あるのは、お前が殺した者達に謝りながら、苦しみ藻掻《もが》き、絶望しながら死ぬことだけだ」

グレイの顔色が真っ青に染まる。

自分が助かる道はどこにもないのだと理解して。

「フェイド。殺す前に連合軍の情報は手に入れたい。こっちはそれをする前に殺してしまった。加減ができる相手じゃなかった。だから生きている間に情報を吐かせてほしい」

それだけ言うとハウザーは去っていき、アゼッタは何ともいえない表情を浮かべていた。

だが何も言わない。

復讐を目的とするフェイドには何を言っても無意味だから。

だからこれ以上人が変わらないことと、その力をこちらに向けないことを祈るばかりだった。

フェイドはグレイへと歩み寄り髪を掴《つか》み上《あ》げる。

「ってわけだ。情報を吐けば楽に殺してやるが？」

グレイは笑みを浮かべる。

「ハハッ、俺が素直に喋《しゃべ》ると思うか？」

(俺が情報を吐かない限り、殺されることはない。辛《つら》いけど喋らないまま助けが来るのを待つだけだ)

「そうは思わないな。だからその発言、後悔するなよ？」

「はっ、誰が後悔するものか！」

「そうか」

再び戦場にグレイの絶叫が響き渡った。

そこから何度も何度も拷問を繰り返しているとグレイが怯《おび》えた目でフェイドを見始めた。

「も、もういいだろ！　話す！　知っていることはすべて話すからこれ以上は――」

「ダメだ。俺は忠告したはずだ。素直に喋らなかったお前が悪いだけだ」

「――なっ!?」

しばらくして、そこには勇者の面影すらなくなったグレイの姿があった。

「た、頼む……もう、もう殺してくれ……これ以上は苦しみたくない……!!」

グレイは心の底から懇願していた。何度もループされる拷問に心が堪《こた》え、苦痛から解放されることを願った。

「……楽に殺してやるから、知っている情報をすべて吐け。嘘《うそ》を吐《つ》いたらまた繰り返すことになる」

「わ、分かった……！」

グレイはペラペラと知っている連合軍の情報を喋り始める。

そして他の勇者の所在や今後の作戦を聞き終え、フェイドは殺そうと漆黒の剣を振り上げる。

これで苦痛から解放されると思ったグレイの顔は安堵《あんど》していた。

だがフェイドはこの程度で解放することはない。

まだまだ復讐は終わっておらず、まだ始まったばかりなのである。

ここからが本番だというのに……

フェイドが振り上げていた漆黒の剣を勢いよく振り下ろしたのだが、その剣はグレイに届くことはなかった。

キンッと鋭い音がして防がれたのだ。

「おっと危ない。殺させませんよ。まだこの男には利用価値があるのですから」

フェイドは攻撃を受け止めた者へと顔を向けた。

そこには純白の法衣《ほうえ》に身を包んだ三十代前半ぐらいの男が立っていた。

6話　白の支配者

「――誰だ？」

邪魔されたことへの不快感が声に表れ、同時に男を睨《にら》みつける。

純白の法衣《ほうえ》に身を包む男は笑みを浮かべながら丁寧な自己紹介をする。

「これは失礼いたしました。私はルブシオン聖法国の【六聖典】が一人。ラヴァン・オルコスと申します」

ラヴァンと名乗った男は笑みを浮かべながら丁寧な一礼をする。

「つまり、俺の敵ということでいいんだな？」

「そうなりますね。あなたが『黒の支配者』と早く分かっていれば味方に引き入れたのですが残念です」

ラヴァンの発言の中に、聞き捨てならない言葉が混じっていた。

それはフェイドの祝福《ギフト》に関して。

敵である連合軍側に、フェイドが覚醒者であることは知れ渡っているが、祝福《ギフト》の詳細まで知られてはいなかったのだ。

その証拠に、グレイやイレーナ、レイですら知らなかった。

「どうして俺の持つ祝福《ギフト》が『黒の支配者』だと分かったのか、教えてもらってもいいか？」

ラヴァンは「いいでしょう」と快く頷《うなず》いて口を開いた。

「分かったのは簡単ですよ。一つはあなたの持つ軍勢。そしてもう一つは、私もあなたと同じ支配者の一人だからです」

同じ『支配者』の祝福《ギフト》持ちだと知ったフェイドは距離を取り警戒する。

「……お前が支配者の一人だと？」

「ええ。私は『白の支配者』です」

支配者の祝福《ギフト》は七つ存在すると黒龍《こくりゅう》が話していた。赤、青、茶、緑、黄、白、黒とあり、その中でも黒だけが別格だと。

「どうですか？　ルブシオン聖法国の【六聖典】には、私を含めて三人の支配者がいます。そしてミスレア王国に一人と、ネイティス西王国に一人。計五人の支配者が、連合軍に参加しております。この意味を理解できますか？」

ラヴァンはこれだけの支配者を敵に回せるのかと遠回しに言っていた。

だがフェイドにとって、敵に支配者が居ようと関係ない。

「俺の復讐《ふくしゅう》を邪魔するな。――潰すぞ」

凄《すさ》まじく濃密な殺気がラヴァンを襲う。

思わず後退《あとずさ》り「うっ」とフェイドの殺気を浴びて顔色を悪くさせたラヴァンは同時に思う。

まさか黒の支配者がこれほどの力を有しているとは……

白の支配者であるラヴァンと黒の支配者であるフェイドが闘えば結果は明白。戦力が多く、なお且つ戦闘力のあるフェイドが勝利する。

それは他の支配者と力を合わせても同じ結果といえた。

今戦うのは分が悪い、ですか。

「いやはや、恐ろしいですね。私は早めに撤退するとしましょう。レイの遺体も、あなたに活用されては困りますからそちらも回収させていただきます」

「このまま逃がすと思っているのか？」

フェイドが右手を挙げると、周囲を埋め尽くさんばかりの漆黒の槍《やり》が展開されてラヴァンの逃げ場がなくなる。それでもラヴァンの態度は崩れない。それは己の力を信じているから。

「はい。逃げさせていただきます」

瞬間、虚空からグレイを捉えていたのと同様の漆黒の紐《ひも》がラヴァンへと伸びたが、あと少しで拘束できるというところで障壁によって弾《はじ》かれて紐が消滅した。

「へぇ……」

拘束を防いだだけではなく、紐を消滅させたことでフェイドが感心の声を漏らした。

そして、フェイドは掲げていた右手を振り下ろした。振り下ろされる動作に合わせて、展開されていた漆黒の槍がラヴァンへと襲いかかる。

「物騒ですね。――白亜の天蓋」

魔法名が紡がれると同時、ラヴァンとグレイを包み込むように純白のヴェールが覆った。そこに漆黒の槍が次々と直撃するもヴェールに阻まれて消滅していく。

ヴェールの中、ラヴァンが純白の剣を取り出してグレイを拘束する紐を断ち切った。

「グレイ殿。レイ殿は残念ですが、ここは戻りましょう」

「だが……」

「連合軍はこの通り彼によって全滅。私でも彼を相手に戦うのは厳しいです。ここは一旦撤退しましょう」

「くっ……分かった」

悔しそうに拳を握りしめるグレイは、キッとフェイドを睨みつけた。

「フェイド。この屈辱は決して忘れない。必ず返しに来る」

「逃がすか！」

一本の漆黒で禍々《まがまが》しい槍が一瞬で生成されて放たれるが、直撃する寸前でラヴァンとグレイ、レイの遺体が光に包まれる。漆黒の槍が地面に直撃するがそこに姿はない。

『では黒の支配者よ。またどこかの戦場でお会いしましょう――……』

そんな言葉を残し、光の粒子となって消えていくのだった。

「――クソがっ！」

逃げられたことでフェイドは悪態を吐《つ》くのだった。

7話　ミスレア王国王城にて

ラヴァンは、血だらけのグレイを連れてミスレア王国へと帰還した。

元々、ルブシオン聖法国から派遣された身であり、現在はミスレア王国に滞在している。

ラヴァンが王城に着くと、すぐさま兵達《たち》が駆け寄ってくる。

「ラヴァン様！　中央戦線に向かったのでは!?」

「向かったが、グレイ殿がこの通りだ。至急、陛下にお目通り願いたい」

「た、直ちに！　それで、レイ様は……？」

「残念ながら戦いで命を落としました」

その報告に兵士達が信じられないという表情を浮かべていた。人類の希望である勇者が死んだのだ。

「私がもっと早く駆けつけていればこのようなことにはなっていませんでした……皆さん、レイ殿の遺体は丁重に扱うように」

「はっ！　手の空いている者、早くこちらに！」

兵士はレイの遺体を預かり運んでいった。その後、ラヴァンとグレイはすぐに国王であるケイクスと謁見することになった。

謁見の間に向かい、ゆっくりと扉が開かれた。奥の玉座にはケイクスが座っており、斜め後ろでは近衛騎士が王を守るようにして佇《たたず》んでいた。

ラヴァンとグレイは王の御前まで来ると跪《ひざまず》いて頭《こうべ》を垂れた。

「面を上げよ」

顔を上げてケイクスを見る。ケイクスはグレイに言葉をかける。

「よくぞ無事に戻ってきてくれた。レイ殿のことは聞き及んでいる。誠に残念である」

悲し気な表情を浮かべるケイクス。

「陛下、誠に申し訳ございません。私がもっと早く駆けつけていれば、このような事態に発展していなかったでしょう」

「いいや。ラヴァン殿に責任はない。しかしグレイ殿が無事で何よりだ」

ケイクスの視線がグレイへと向く。

グレイの体調は優れず、ケイクスも一目でそのことに気付いた。

あのグレイ殿がここまでボロボロとは。一体何があったのだ……？

「グレイ殿。まずは無事に戻ってきてくれたこと嬉《うれ》しく思う」

「はっ。ですが、俺のせいでレイとイレーナが……」

仲間の死はグレイにとっても辛《つら》く悲しかった。

仲はそれほど良くなかったが、それでも嫌いではなかった。それは共に戦った戦友故に。

ケイクスのみならず、その場がザワッとする。

「何!?　イレーナ殿も!?」

レイの報告は聞いていたが、イレーナのことは聞いていなかったのだ。その驚きは玉座の間に響き渡る。

「はい。海上からの奇襲はすでに露見しておりました。イレーナの軍は誰一人、生き残っておりません。文字通りの全滅です……」

グレイはフェイドの存在を告げた。覚醒し、大きく力を付けていたこと。誰も止めることのできない化け物へと成長していることを。

「なんと、あの裏切り者が……」

「陛下、私からも」

「うむ」

そこにラヴァンが続きを促す。

「フェイドの祝福《ギフト》は『黒の支配者』です」

「なっ、支配者の祝福《ギフト》持ちだと!?」

王であれば支配者がどのような存在なのかを知っている。

「はい。あの力は、死んだ者を闇の軍勢として取り込みます。ですが中でも厄介なのが取り入れた者の力、能力値を一部ですが取り込めるのです」

ラヴァンは言葉を続ける。

「『黒の支配者』は、支配者祝福《ギフト》の中で最も強力で、世界すら支配できると言われています」

その言葉に誰もが静かになる。

世界を支配できる力があるなら、力を付ける前に殺すべきだった。

「止めることは、もう殺すことはできないのか？」

何としてもフェイドを殺さなければ、さらに大きな被害が出るだろう。

ケイクスはフェイドの存在による連合軍の敗北を危惧していた。文献で読んだことがあった。遥《はる》か昔、黒の支配者によって世界が支配されていたという話を。

だからこれ以上、力を付ける前に殺す必要があった。

ケイクスの問いにラヴァンは答えた。

「黒の支配者も不死身ではありません。ですが、我々も今以上に力を付けなければなりません。フェイドと対峙《たいじ》して分かりました。彼は強いです。私一人、いや……数人の支配者が集まっても倒すのは困難を極めるでしょう。それほどまでに力を付けております。さらに厄災の龍《りゅう》すらも軍勢へと加えております。これ以上、野放しにするのは危険です」

ラヴァンが厄災の龍と口にしたことで確かめるべくグレイを見た。

それは事実なのかと。

グレイは静かに頷《うなず》き、怯《おび》えた口調であの戦場で何が起きたのかを語り出した。

話が終わると、玉座の間にいる誰もが口を開けないでいた。フェイドの従える闇の軍勢は、一国すら容易に滅ぼせる力を有していたから。

いくら大国といえど、数百のドラゴンに加えて黒龍もいるとなればそれだけで滅びかねない。

加えて大量ともいえる数万もの兵士、魔物の混成軍。それらがフェイドの魔力が続く限り何度でも蘇《よみがえ》るのだ。

その矛先がこちらに向いているとなれば、魔王軍よりもよっぽど脅威であった。

まだ魔王軍を相手にしている方がマシというもの。

「ラヴァン殿、何か策はあるのか？」

ケイクスとグレイの期待する視線が向けられるが、そんな二人を見てラヴァンは口元に笑みを作る。

「もちろん策はあります。こちらには五人の支配者がおります。魔王軍ではまだ、フェイドのみしか確認されていません」

あと一人の存在は未《いま》だに確認されていない。

「その五人でフェイドを倒すと?」

「はい。可能なら、ですが。敵にもう一人の支配者がいた場合は、どうなるか分かりません。これは賭けのようなものです。それとグレイ殿にも協力をしてもらいます」

グレイは内心でフェイドに怯えながらも復讐《ふくしゅう》ができるならと頷く。

ケイクスは顎に手を添えて短い時間で思考を巡らせて答えを出した。

「よかろう。フェイドの情報はすべての者に共有するように」

「はっ! ありがとうございます!」

「グレイ殿、次は期待している」

「お任せください! この屈辱、必ずや晴らしてみせましょう!」

「うむ」

グレイの瞳に妖《あや》しい光が宿り、ラヴァンはそれを見てニヤリと笑みを浮かべるのだった。

8話　畏怖

中央戦線の後処理はハウザーに任せ、一足先に帰還したフェイドとアゼッタは魔王城の一室にいた。

正面にはエリシアが座っており静かにお茶を飲んでいる。

「フェイドとアゼッタも飲むか？」

「もらおう」

「すまないが、二人にも同じお茶を」

「かしこまりました」

側《そば》に控えていたメイドは命令されるなり一礼してお茶を淹《い》れに向かった。程なくしてスッとフェイドとアゼッタの前に、お茶の注がれたカップが差し出される。

メイドは一瞬だけフェイドを見るもすぐに元いた位置へと戻っていき静かに佇《たたず》む。

フェイドはカップを手に取り口元へと持っていく。

「……美味《おい》しいな」

「そうだろう！　これは北部の山の麓で育てられた茶葉だ」

「ほう。香りと味も悪くないな。人間領にこれほどのお茶はないだろうな」

「探せばあると思うが？」

「どうだろうな。時間があれば探すのも悪くない」

「その時は私もついていこう」

エリシアとフェイドは談笑しているが、アゼッタは思い詰めた表情を浮かべていた。

そのことには気付いており、エリシアがカップを置いた音が部屋に響く。

「アゼッタ。どうした？　戦いに勝ったのだからもっと喜んだらどうだ？」

「……魔王様はこの戦いの惨状を聞いていますか？」

アゼッタの質問にエリシアは頷《うなず》き聞いていた報告通りに答えた。

「海上からの軍船はフェイドによって殲滅《せんめつ》。その後、中央戦線へ向かい、ここでもフェイドの力によってほぼ全滅。勇者レイはハウザーとアゼッタが倒し、もう一人の勇者であるグレイはラヴァンという者によって攻撃を阻まれて倒し切れなかったと」

「その通り、です」

「何か問題があるのか？」

アゼッタにしては珍しく、長く話し出す。

「今回の戦いはフェイドの手柄が大きいです。逆に言えば、フェイドに助けられたとも言えます。

でも、先ほどの戦いはあまりにも一方的で、まるで虐殺でした……」

フェイドの功績と、一方的すぎる戦いに非難の声が寄せられていた。

「どのような戦いだったのかは聞き及んでいる。それがどうした？」

予想外の言葉にアゼッタがエリシアを見る。その表情は今回の結果に不満など抱いていないとでも言わんばかり。

「非難の声が届いています。『あんなのは戦いではない』と……」

戦いという戦いではなかった。

まさに蹂躙《じゅうりん》、鏖殺《おうさつ》。その言葉が最も適切な表現といえた。

エリシアは下らないと笑い飛ばす。

「逆に言えば、フェイドのお陰で死ぬはずだった同胞が救われた。東部からの侵攻もフェイドがいたからいち早く対処ができて負傷者すら出すことなく勝てた。中央戦線だって同じだ。フェイドがいたから連合軍を退《ひ》かせることができた」

エリシアは間を空けて続ける。

「だから感謝はしても、フェイドに非難を浴びせるのはお門違いもいいところだ。なあフェイドもそうは思わないか？」

話を振られたフェイドはアゼッタを一瞥《いちべつ》し、エリシアを見る。

「俺は復讐《ふくしゅう》ができればそれでいい。邪魔さえしなければ魔族には何もしない」

危害を加えれば殺すと言っているも同義。だが言葉の意味を理解してなお、エリシアは反論すらしない。

エリシアはアゼッタを見る。

「魔族とは実力がすべてだ。この魔王の席さえも。文句があれば実力で証明しろ。フェイドに救われた身で好き勝手言うやつらだ」

「……仰《おっしゃ》る通りかと」

「ふむ。不満げだな？」

「い、いえ。その……」

「フェイドは何も口出ししないがフェイドもそれでいいか？」

「勝手にしてくれ」

「とのことだ。アゼッタ、本音で話せ。配下のことを知るのも王としての務めだ」

アゼッタがフェイドを見るも、興味なさげに優雅にお茶を飲み、用意されている茶菓子を食べている。

本当に何も言わないのかと疑問に思いながらも、アゼッタは本音を語る。

「私も思うところはありますが、フェイドのお陰で勝てた戦いだというのは理解しています。それでも、やりすぎだと敵味方から反感を買っています。だから少しは慎んでほしい。私達《たち》将としての面目が立ちません。私が言いたいのは以上です」

「うむ。そうした意見もしっかり取り入れよう。では改めて全体に伝えろ。フェイドは人間ではあるが敵対しない限りこちらの味方であると。いいな？」

「はい」

エリシアは頷くアゼッタを見て満足そうな表情をする。

「では少しゆっくりするとしよう。アゼッタも疲れただろう。しばらく休むといい」

「そうします。眠気が限界、です……」

眠そうに瞼《まぶた》を擦《こす》るアゼッタは部屋を出て自室へと向かった。

残ったのはフェイドとエリシア。静かな時間が過ぎる。

何も話さないというのは少し気まずいな……

無言が耐えられないエリシアはモジモジしながら時折フェイドへと視線を向ける。

フェイドはそんな視線に気付いておらず、静かにお茶を飲みながら窓の外を眺めていた。

小鳥の囀《さえず》りが聞こえ、心地よい日差しが窓から差し込む。

「フェイド。アゼッタの言ったことは気にしないでくれ」

「別に気にしていない」

エリシアは「それならいいが」と呟《つぶや》き、お茶を飲み今回のことを考える。

フェイドの投入で士気が下がっているというのは無視できる内容ではない。それは今後の戦いにも関わることだから。

「フェイドを戦線に投入すれば何かしら刺激を受けると思っていたが……」

「なら協力関係は終わりにするか？」

「馬鹿言え。今回もまた助られた。返礼ができるまで居てもらわねば困る」

「返礼なんて求めていない。ここに居れば勇者の情報が入ってくるからだ。だから利用しているだけに過ぎない」

「いい天気だ」

フェイドの言葉にエリシアは「そうか」と笑い、窓の外を見る。

呟いた言葉にフェイドが反応した。答えるとは思っていなかった。

「ああ、いい天気だ。昔を思い出す」

「昔？　それは子供の頃の話か？」

エリシアの問いにフェイドは頷いた。

「まだ父さんと母さんが生きていた頃の話だ」

フェイドは幼かった日の記憶を懐かしみながら話し出す。

「今日のように、どこまでも青く澄み渡る空だった。父さんと母さんの仕事が休みだったから、近くの川でピクニックをしようと出かけたんだ。川で父さんと一緒に魚を獲って、母さんと一緒に山菜を採って。獲った魚と山菜で昼ごはんを作って食べて。その後一人で遊んでいたら獣が目の前に現れて、逃げているところを父さんが助けてくれたりと、危険もあったがそれでも楽しい一日だった」

懐かしそうな目を窓の外へと向けるフェイド。

「そうか。さぞかし楽しい日々だったのだろうな」

「ああ。とても楽しかった。ずっとあんな日常が続くと思っていた」

それが勇者によって奪われ、壊されたのだ。

エリシアは好奇心で尋ねた。

聞いてみたかったのだ。復讐を遂げた後のことを。

「フェイドは復讐を成したらどうするのだ？」

するとフェイドはそんなことを聞かれるとは思っておらず目を見開き笑った。

「ははっ。考えていなかったな。そうだな……」

復讐の先を考えていなかったフェイドは、どうしたいのかを考える。

ふと、故郷の村を思い出す。あの貧しくも楽しかった日々を。

「故郷に墓を立てて、そこでゆっくり暮らそうかな」

「なんとも欲のない考えだ。力があるのに平和に暮らす気か？　世界を支配したいと考えないのか？」

フェイドの力を以《もっ》てすれば世界を支配できるのだ。故に出た疑問だった。

だがフェイドは首を横に振って否定した。

「世界の支配なんて疲れるだろうに。元々村人だった俺には田舎《いなか》の森でゆっくり暮らすくらいがちょうどいい」

「そんなことないと思うが……」

「何か言ったか？」

「いや、なんでもない」

エリシアは、きっとフェイドの中で変わる時が来るだろうと思うのだった。

9話　名付け

——翌日。

フェイドは魔王城がある王都デルザストから離れた場所へとやってきていた。

周りには見渡す限り森しかなく、街や村なども存在しない。この場所を選んだ理由は、周辺に迷惑をかけないためであった。

空から森を見渡して開けた場所を探す。

「この辺にしようか」

ちょうど良さそうな場所を見つけたので、黒銀色のドラゴンに命令して地面に降り立つ。フェイドがドラゴンを見つめると、同じように見つめ返してくる。

ないと思っていたが、もしかして意識があるのか？

「自分の意識はあるか？」

フェイドの質問にドラゴンは肯定するように頷《うなず》いた。

事実、ドラゴンに意識があったが、フェイドに抵抗するという意識は闇の軍勢になったことで消え去っていた。

それは他の闇の軍勢に加わった者も同じ。

「そうか、折角《せっかく》だ。名をやる。お前の名は――『ネロ』だ」

名前を付けた瞬間、ネロと名付けた黒銀色のドラゴンとフェイドが光り輝いた。

思わず目を見開いたフェイドだったが次の瞬間には、体内の魔力が持っていかれた。

フェイドから見れば僅かな量だが、他者から見れば膨大な魔力。

「何が、起きた……？」

輝きはすぐに収まり、そこには変わらぬ姿のネロがいた。

ネロが内に秘める魔力量は大きく上昇しており、以前にも増して強くなっていた。ネロが強くなったことで感覚的に自分も強くなっていることを実感する。

「名付けをするとお互い強くなるということか？」

ネロを闇に戻し、続いてイレーナを召喚すると、現れてすぐに跪《ひざまず》いた。

全体的に黒を基調とした服装に、手に持っているのは杖《つえ》。顔も以前の面影がある程度。

「お前も意識があるのか？」

コクリと頷いた。

だが、イレーナからは敵意や殺意などを一切感じ取ることはない。

「お前の元の名前を聞くと殺したくなる。だから別の名前をやる。そうだな……お前は『アルス』だ」

深く頭を下げるイレーナもといアルス。再び魔力が持っていかれて両者は光り輝き、収まるとお互いに力を増していた。

ネロに比べたら少なすぎる魔力消費量。

「ふむ。検証は後でするとしよう。お前は戻れ」

闇へと沈み込むようにしてアルスは消えた。

続いてフェイドは厄災と恐れられる漆黒のドラゴン、黒龍《こくりゅう》を呼び出す。現れた黒龍は首をフェイドの足元まで下げ忠誠の意思を見せる。

「お前にも名をやる。――『ニーグルム』だ」

名前を付けると、黒龍とフェイドが光に包まれる。

そんな中、フェイドは魔力がごっそりと持っていかれる感覚があった。失った魔力は回復すると分かっているが、それでも一気に持っていかれたことに思わず笑みを浮かべてしまった。

「かなり持っていかれたな。どんな化け物になるんだか……」

闇の軍勢の中では最高戦力であるニーグルムに期待が高まる。

程なくして光が収まり、そこには男が一人佇《たたず》んでいた。フェイドは思わず目を見開いた。

なぜ、人型なのか——と。

疑わないのは、放たれる気配がニーグルムのものだったからだ。

驚きと同時に、フェイドへと膨大な力が流れ込んでくる。溢《あふ》れる力を前に、思わず笑みが零《こぼ》れてしまう。

強くなったのはフェイドにとって喜ばしいことだ。

「でも、敵の実力が分からない以上、下手に出ることも傲《おご》るようなこともできない、か……」

フェイドは改めて人型となったニーグルムに顔を向ける。

額からは二本の角を生やしており、高身長で褐色の肌、筋肉質な体格。顔には仮面を付けている。

ニーグルムが跪き頭《こうべ》を垂れる。

そして、フェイドにとって予想外のことが起きた。

「フェイド様。改めまして、ニーグルムです」

喋《しゃべ》ったのだ。

「お前、喋れるのか……？」

「はい。主《あるじ》より名を賜ったことで、喋ることが可能になりました」

「他のやつらは喋れないのに、お前だけか？」

「どうやらそのようです。私にも理由は分かりません」

フェイドはニーグルムに聞かなければいけないことがあった。

それは……

「お前を殺し、闇の軍勢に加えたことは覚えているか？」

「はい。記憶にございます」

「なら、俺を殺そうとは思わないのか？」

もし、殺す気があるというのなら、フェイドは躊躇《ためら》いなく闇の軍勢から排除するつもりでいる。

敵意がある危険な存在を近くに置いておくわけにはいかない。

フェイドの質問にニーグルムは静かに答えた。

「ございません。闇の軍勢にされた者は、反逆の意思がなくなるからです。配下となった者は、主人に仕えることが使命とされています。我ら闇の軍勢は、フェイド様の忠実なる配下です」

「ふむ。嘘《うそ》ではないな？」

「はい。それに、私はフェイド様のような強者の配下になれるのなら、これ以上の喜びはございません」

「反逆の意思がないことは分かった。それで、その口調はなんだ？　いつも通りで構わないが？」

出会った当初は強者のような、格下を相手に話す口調だったが、今となっては丁寧な口調に変わっている。どうして変えたのか疑問で仕方なかった。

「フェイド様にはあのような態度は取れません。故に変えたのです」

「そうか。無理は言わない。好きな方で話せ」

「では、このままにさせていただきます」

結局変えないのかと思いつつも、フェイドはニーグルムから支配者について詳しく聞き出すことにした。

10話　支配者と勇者の関係

「お前は死ぬ前に支配者の祝福《ギフト》について話したのを覚えているな？」

ニーグルムは頷《うなず》くことで肯定する。

「黒の支配者とはなんだ？　俺は詳しいことは知らない。お前が知っていることを話してほしい」

フェイドはニーグルムに聞いた内容しか知らないのだ。

ニーグルムは「お話ししましょう」と前置きし話を始めた。

「遥《はる》か昔、黒の支配者と竜種が戦ったことがあります。その中に私はいました」

ニーグルムはその時を思い出すように語る。

「一人、竜種が住まう土地に来たその者は黒い外套《がいとう》を身に纏《まと》い、単身で竜種の群れと交戦しました。すべてを倒し、亡骸《なきがら》を闇の中に取り込みました」

竜種を闇の軍勢に加えた男はこう告げた。

――世界はいつも不平等で公平などありはしない。

言葉の真意は今でも分からないと、ニーグルムは言う。

男はそれだけ言い残すと殺さずに去っていった。

「数ヵ月後、男は世界のすべてを敵に回し戦っていました。すべてを黒へと染め上げていく男を恐れ、人々はこう呼びました」

――黒の支配者。

「そして世界との戦いに勝利した黒の支配者は数十年もの間、世界を支配しました」

だが、その支配は唐突に終わりを告げた。

「神にすら届きうる力を得た黒の支配者に危険性を感じた神々が、人類から七人の勇者を選び加護を与えました。さらには六つの支配者の『祝福《ギフト》』を与え、黒の支配者を討伐したのです」

初めて聞く話にフェイドは思わず目を見開いた。

「聞いたことがない」

「当然でしょう。神々はその歴史を闇へと葬ったのですから。それまで数人の黒の支配者が確認されましたが、覚醒する前の弱い段階で倒されてきました。ですので、黒の支配者が生まれやすい闇属性に適性の高い魔族は、人間から『人類の敵』と認定されたのかと」

魔族が人類の敵とされる理由と自分が殺されそうになった理由。

それらすべてが……

「まさか、俺が殺されそうになったのも、神のせいだと？」

「可能性は十分に高いかと。黒の支配者は世界に存在してはならないということなのでしょう」

ならば神のせいで家族が死に、村のみんなが殺されたということになる。

フェイドは神など信じていない。

神は一方的に与えるだけで救いの手など差し伸べないのだから。

「すべては神が仕組んでいる可能性があると……」

「はい。最初の黒の支配者に何があったのかは分かりません。ですが、神が黒の支配者を世界から排除しようとしているのは事実です」

「そう、か……」

フェイドは俯《うつむ》き、そして拳を握る力が強くなる。

憎き勇者や人類、その裏にいるのが神だということに。

それでも復讐《ふくしゅう》の歩みは止めない。止めることができない。

復讐をやめてしまえば生きる意味が、戦う意味がなくなってしまうから。

死んだ家族に、村のみんなに顔向けできない。みんなの死を、意味のない死にしたくなかったから。


だから復讐をやめない。

たとえ修羅の道だったとしても、この歩みだけは誰にも止めることはできない。

もし……

「もし、神が敵だというなら——殺すまでだ」

フェイドの発言にニーグルムは驚きもしないし、止めすらしない。

ニーグルムにとって、フェイドがすべてなのだから。

「御身が進む道こそが我らの往《ゆ》く道です」

頷いたフェイドは話を変える。聞くことは聞けたから。

「ニーグルム。お前は以前よりも力を増しているな？」

「はい。竜種の中で、私に勝てる者は存在しないでしょう」

「そうか。ドラゴンの姿には戻れるのか？」

「可能なようです」

「それだけ分かれば十分だ。最古の黒の支配者が使っていた技とかは覚えているか？」

神が敵になるなら、今以上に強くならなければならない。フェイドは最古の黒の支配者を知っている唯一の存在であろうニーグルムにそう尋ねた。

一時とはいえ、世界を支配した存在だ。それと同じ力を持っているなら、同じことができると。

「一回だけ目にしたことがあります。すべてが闇に染まり、その後には何も残っていませんでした。人も、森、街も、何もかも……これだけなのです。お力になれず申し訳ございません」

「いいや、十分だ。だが、なるほどな……」

話を聞くだけでは理解できないフェイドは、何かしら広範囲の殲滅《せんめつ》魔法を使ったのだろうと推測していた。

本人は遥か昔に死んでおり聞くことは叶《かな》わない。

「残念だ。だが、神すら倒せる力を付けないといけなくなった」

「その通りかと。神は何かしらの介入をしてくるでしょう」

「だな」

勇者や他の支配者でも倒せないと知れば、介入してくるのは必然。

フェイドはさらに強くなることを決意するのだった。

11話　もう一人の支配者

ニーグルムを戻してネロで魔王城のバルコニーに降り立つと、エリシアが気付いて出迎えに来た。

「戻ったか」

「エリシアが出迎えとは珍しいな」

「フェイドに少々頼みがあってな」

「俺に？」

「少し座って話そう。その前に、そのドラゴン、以前にも増して強くなってないか？」

エリシアはネロの変化に一目見て気付いた。内に秘める魔力量が大きくなっており、気配も増していた。

フェイドは倒した勇者やドラゴン二頭に名付けを行ったことを話した。ネロとニーグルムがさらに強くなったことを。

「なるほど。にしても、あの黒龍《こくりゅう》がさらに……」

「それも驚きだが、俺もエリシアに話さないといけないことがある」

二人は一室に移動し、エリシアがメイドにお茶を淹《い》れるように言うと、すぐさま持ってきて一礼して下がった。

少しの静寂が続き、先に口を開いたのはフェイドだった。

「そうだな。俺から先に話そう。その前に、部屋に防音の魔法をかける」

「聞かれたくない話か？」

「今はまだな」

「ふむ。そういうことなら分かった」

許可が下りたのでフェイドが指を鳴らすと、結界のようなものが部屋に展開された。これで外部に音が漏れることはない。

発動を確認したフェイドはニーグルムから聞いた内容を話す。

「俺が黒の支配者だということは当然だが知っているよな」

エリシアは静かに頷《うなず》いた。

理不尽な強さを持っているフェイドの祝福《ギフト》がそれだから。

「厄災の龍であるニーグルムが言うに、遥《はる》か昔、黒の支配者が世界を支配していたという」

「なっ、それは本当か？」

フェイドは簡潔に説明する。

「らしい。そいつは、神にも迫る力を手に入れ『魔王』と呼ばれた。黒の支配者を恐れた神々は七人の勇者と六人の支配者を使ってそれを討伐することに成功した。その後、黒の支配者が現れると弱い段階で殺してきたそうだ」

「つまり、本来は勇者や他の支配者は黒の支配者を倒すために存在すると？」

「そういうことになる」

「神が勇者を生み出し、魔族を苦しめているのか」

神によって生み出された勇者が、今もこうして魔族を苦しめていることに、エリシアはギュッと拳を強く握りしめた。

「勇者は神の駒に過ぎない。勇者だけじゃない。他の支配者だってその可能性がある」

フェイドは「それに」と言葉を続ける。

「神の手のひらの上で踊らされている気がしてならない」

だが、神にとってもこの事態は予測できていないだろうと、フェイドは読んでいた。死ぬはずだったフェイドが生き残り、こうやって徐々に力を付けている。

「だが相手は神だ。敵《かな》うわけが――」

「それでも魔王か？」

エリシアは続きの言葉を呑《の》み込んだ。

「神が相手だからとすぐに諦めるのか？」

「そうだ。それしかないだろう！」

神という絶対的な存在を相手に、この世界の矮小《わいしょう》な生物が敵うわけがないのだ。

だがフェイドはエリシアの言葉を否定した。

「いいや。お前の前には誰がいる？」

ハッと正面に座っている彼――フェイドを見た。

エリシアの瞳に映るのは、神すら恐れを抱く存在、黒の支配者であるフェイドだ。

「まさか、神を超えるとでも？　正気か……？」

「神は黒の支配者となる前の俺を殺そうとして失敗した。俺の存在はすでに人間達《たち》に知れ渡っている。ならばさらに力を付ける前に神は俺を殺そうとするだろう」

だが、何も心配することはない。

だってそれは――

「俺の往《ゆ》く道は誰にも邪魔させない。それが神であろうと。その神の手のひらで踊らされている程度のやつらに俺は倒せない」

エリシアは思わず目を丸くさせ、数瞬の後、声を出して笑った。

「ふふふっ」

「可笑《おか》しなことを言ったか？」

「いいや」

笑ったことで目尻に溜《た》まった涙を指の腹で拭う。

「フェイドらしい答えだと思って。神に踊らされている程度では勝てない、か」

「まあ俺の話は、神が何かしらの干渉をしてくるということだ。警戒するに越したことはない」

「そうだな。今後は警戒しながら動くとしよう」

フェイドの話は終わる。

エリシアの持つカップが置かれる音が響く。

「もうこの結界を解除しても構わない。私が話すのは外に漏れても問題ないからな」

「分かった」

エリシアに言われてフェイドは指を鳴らし、展開していた防音の結界を解除する。

確認したエリシアはフェイドを見る。

「私はフェイドに頼みごとがあると言った」

「そうだな」

出迎えの時に聞いている。

そしてエリシアは話す。

「王都から離れた場所に、支配者であろう魔族が確認された」

第４章　次なる復讐《ふくしゅう》に向けて

１話　魔王なのに可愛《かわい》い

エリシアの言葉にフェイドは持っていたカップを置こうとして動きを止めた。先ほど、支配者は神が何かしらの干渉をしており、黒の支配者を殺そうとしていると聞いたからだ。

魔族に支配者がいると聞いて驚きのあまり固まってしまった。

エリシアはその支配者がどこの誰で、どこにいるのかを説明する。

「テスタの部下が、王都の北西にある街で雷を自在に扱う魔族を見たという。その者が言うには、ただの雷魔法ではないらしい。強力すぎると言っていた」

「そうか。支配者だとしたら『黄の支配者』だろう」

「ふむ。ならば間違いないのかもしれない」

「もしかして、俺に頼みっていうのは……」

フェイドはエリシアが何を頼もうとしているのかを察してしまった。

エリシアはフェイドを見て頷《うなず》いた。

「うむ。どうにかその支配者だろう者を魔王軍の仲間に引き入れたい」

「仲間に、か……」

討伐ではなく、仲間にと聞いて考えてしまう。神が介入している可能性は高く、それだけで仲間に引き入れることができても背後から刺されないかと警戒してしまう。

「ダメ、だろうか？」

魔族を想《おも》うエリシアは、強い仲間を欲していた。フェイド然《しか》り、支配者であろう者も然り。強き者を欲していた。

魔族が生き残るための戦力を。

未来に繋《つな》ぐための戦力を。

「そう簡単に仲間になるとは思えない。敵だった場合、こちらに大きな被害が出ることになる」

「だとしても。支配者の力は強大で、なんとしても仲間に引き入れたいんだ。ダメだろうか？」

少し考えるも答えは出ている。

「仲間に引き入れるにしろ、殺すにしろ。俺の復讐の邪魔をしなければそれでいい」

「そう言ってくれて助かる」

「それで、俺の他に誰が行くんだ？」

「私とテスタ、フェイドの三人で行こうと考えている。その間、魔王城を空けることになるが……」

フェイドが初めてエリシアと出会った時もそうであった。魔王城を空け、一人で山脈へと来ていた。

エリシアは「心配要らない」と言い、その理由を話す。

「その間、魔王城の管理及び命令はモードレッドに任せている。モードレッドは戦闘以外でも優秀だからな。あやつに任せておけば安心というものだ」

「なら心配は要らないか」

魔王不在の魔王城だが、八魔将であり連合軍から『鏖剣《おうけん》』と恐れられるモードレッドがいれば、たとえ勇者だろうと容易に倒せない。

フェイドはモードレッドと聞いて、あいつならそう簡単に倒すことはできないと納得していた。

そうと決まれば出発だ。

「いつ行く？」

「早い方がいいだろう。連合軍の戦力もフェイドのお陰で多く削られている。早々に仕掛けて来ることもないだろう」

エリシアの推測は正しく、連合軍は大敗したことで迂闊《うかつ》に攻めることができなくなっていた。加えて、勇者二人の損失は戦力と士気の低下に大きく影響していた。

「次からは慎重に攻めてくるだろうな。やつらとてまた勇者を失いたくないだろうからな」

「だな。では三日後に出発しよう。その間にテスタとの挨拶は済ませておいてほしい」

「分かったが、テスタはどこにいる？」

「テスタはよく、城の外にある修練場にいる。よく場内を走り回っているから、誰かに聞けば教えてくれるはずだ」

「分かった。明日にでも挨拶しておく」

話は終わり、フェイドとエリシアはお茶を飲む。

話はなく無言の時間が過ぎていくが、エリシアは無言に耐えられなく何を話そうか頭を悩ませていた。

居心地は悪くないだろうかと。会話がなく気まずくないのだろうかと。

うぅ～、気まずい！　ここは私が魔王として何かを話題を振らなければ！

ついついフェイドの顔色を窺《うかが》ってしまう。フェイドを見ると、ティーカップを片手に外を眺めていた。

何かあるのだろうか。そう思いエリシアも釣られて外を見ると、青空と城下町の様子が見えるだけ。聞こえてくる小鳥の囀《さえず》りが無言の空間に心地よく響く。

「こんなに天気がいいと、ゆっくり散歩をして昼寝をしたい気分になる」

「お前は毎日忙しそうにしているからな。少しは休んだらどうだ？」

魔王といってもやることは人間達《たち》の王とやることはほとんど変わらない。重要書類に目を通したり上がってくる報告書に対処したりなど様々だ。

フェイドはそんな疲れ切ったエリシアの表情を見て思う。魔族や人間も結局は同じなのだと。

「エリシア」

「どうした？」

「少し寝たらどうだ？」

「今寝るのか？」

「だって今ぐらいしかゆっくりできないだろ」

「今日の仕事は終わったから少し寝たいが……」

「時間になれば起こしてやる」

「そうじゃなくてだな……」

少し恥ずかしそうに頬を朱色に染めるエリシアは俯《うつむ》きながら、フェイドに聞こえるくらいの声量で呟《つぶや》いた。

「は、恥ずかしい、のだ……」

フェイドは思わず目を見開き、声を出して笑う。

笑ったフェイドを初めて見るエリシアだが、それよりも笑われたことに反応する。

「なぜ笑う！」

頬を膨らまし不満げな表情をするエリシア。

「いや、なに。魔王なのに案外年相応の可愛らしさがあるんだなと思ってな」

「〜〜ッ!?」

湯気が立つかのように一気に顔が真っ赤になる。

可愛いと言われてつい反応してしまう。そのようなこと一度も言われたことがないから。

「――フェイドのバカッ！」

そう言ってクッションに真っ赤になった顔を埋《うず》め、そのままスヤスヤと寝てしまうのだった。

2話　モードレッドとの模擬戦

翌日、フェイドは魔王城の外にある修練場にやってきていた。

周囲の者はフェイドに声をかけようとはしない。それは、フェイドが人族である前に前回の戦いで敵を蹂躙《じゅうりん》したことが理由だった。

それによって戦いに参戦していた多くの魔族がフェイドに恐怖していた。

目の前の修練場では二人の八魔将が試合を行っていた。

一人はフェイドが探していた人物であるテスタと、もう一人はモードレッドであった。

二人の試合は激しく、余波が修練場全体に届いていた。

テスタは楽しそうにしており、そんな彼女の相手をしているモードレッドの表情には余裕があった。

「成長したな」

「えへへっ。でも、ボクだってあの頃よりもっと強くなったんだからっ！」

「それは楽しみだ」

テスタの発言にモードレッドの口角が上がる。

俊敏な動きでモードレッドへと迫るテスタは、懐へと潜り込み切り込んだ。キンッと弾《はじ》かれて火花が散る。

「にゃっ!?　でもっ！」

テスタの姿が消え、次の瞬間にはモードレッドの背後へと回り込んでいた。

そのまま剣を振るうがテスタの攻撃は空を切り、モードレッドの一撃が迫る。

体勢が悪く避《よ》けることは困難。

受け止めるしかない！

一瞬の判断で迫る攻撃を剣で防御するテスタだったが、モードレッドの一撃は重く、吹き飛ばされた。

「くっ!?」

空中で体勢を整えて着地するも、モードレッドが追撃に出る様子はない。

これは試合であり、モードレッドはテスタがどこまで成長したのかを確認していた。

そしてモードレッドは、テスタが以前よりも素早く、全体的に強くなっていることを実感して喜んでいた。

「追撃してきてもよかったのに」

「それだとすぐに終わってしまう」

「何をっ！」

ムカッと頭にきたテスタが地を蹴りモードレッドに迫り剣を振るう。

そこから剣の応酬が繰り広げられ、地面が剣圧によって抉《えぐ》られていく。

このままじゃ剣が得意なモードレッドに分がある。

「この速度についてこれるようになったか」

「ふふん！　前のボクじゃないよっ！」

「ならもう少し速度を上げてもよさそうだ」

「――へ？」

瞬間、モードレッドの剣速が増した。観戦していた兵達《たち》は目で追うことができず、何が起きているか理解できていない。ただ剣と剣がぶつかることで生じる火花しか見えないでいた。

ただ一人、フェイドを除いて。

テスタが押されているな。

フェイドから見てもモードレッドの剣の技量は凄《すさ》まじく、魔法なしの純粋な戦闘技術のみでは勝てるか分からなかった。

それほどまでにモードレッドの剣技は圧倒的だった。

一度距離を取ったテスタは息を整え――地を蹴った。

一瞬でモードレッドの背後へと回ったテスタが地面を力強く踏み込んだ。

地面が砕け、振るわれた剣がモードレッドに迫る。

もらった！

笑みを浮かべたテスタだったが次の瞬間、キンッという鋭い音が鳴り響く。彼女の持つ剣が宙を舞い、首元に剣先が突き付けられていた。

「そんな！　完璧な死角からの攻撃だったのに！」

「いい攻撃だったが甘かったな」

「むぅ～！」

悔しそうに頬を膨らませ、不満げな表情を浮かべるテスタ。するとモードレッドがフェイドを見た。

彼は最初からフェイドがこの試合を見ていたのに気付いていた。というよりも、視界の端で捉えていた。

「フェイドか」

「いたのか!?」

二人の下に向かいながら声をかける。

「いつもこんな稽古を？」

「そうだよ！　モードレッドはボクの剣の師匠でもあるんだ！」

「そうだったのか。見ていてモードレッドの剣の技量には驚かされた」

「ほう。なら手合わせしてみるか？」

黒の支配者。その力がどの程度なのか確かめてみる価値はある。それに、本当に手を組むべき相手なのか、やつの人柄を見定めようではないか。

モードレッドの目は好敵手を見つけたそれをしている。

「聞いている顔じゃないな」

「貴様こそ。戦いたそうな顔をしている」

フェイドもモードレッドが魔族の中で魔王に次ぐ強さと聞いて、戦いたくて仕方がなかった。

お互いの口角が自然と吊《つ》り上《あ》がる。

思っていることは同じ。


――こいつと戦いたい。

モードレッドがフェイドに剣を投げ渡す。

「受け取れ」

練習用の剣は刃が潰されているが頑丈な造りをしている。

話していた間に修練場は魔法で直され、モードレッドとフェイドは距離開けて対峙《たいじ》する。

「魔法なしの純粋な剣技のみだ。魔法を使われたら私でも勝ち目はない」

魔法を使われたら流石《さすが》のモードレッドでも敵《かな》わないと理解しての発言だった。

フェイドもそこは理解している。

「そのつもりだ。魔法を使ったらつまらない」

「ははっ、そうこなくては。テスタいいな？」

名前を呼ばれたテスタは言葉の意味を瞬時に理解し、両者の間に立った。

「ええ、あ、うん！　それじゃ――始めっ！」

こうしてフェイド対モードレッドによる模擬試合が始まった。

先に仕掛けたのはモードレッドであった。

足元に力を込めて地面を蹴ったことで十メートルという距離はいともたやすく詰められ、剣先がフェイドの喉元に迫る。

それを冷静に見据えて手に持つ剣で横から払うように弾く。弾かれたモードレッドは力に逆らうことなく勢いを利用して後ろへと下がった。

「その反応速度は中々だ」

「どうも」

モードレッドから仕掛けてくることはないので、フェイドは試されていると理解した。何も言うことなく、モードレッドとの距離を一瞬で詰めて斬りかかった。

モードレッドにはフェイドの姿が消えたように見えた。

それでも動揺する素振りを見せずに、迫る剣を対処した。

弾くのではなく、受け流すようにしてフェイドの懐へと潜り込む。

「なっ!?」

思わずフェイドの口から驚きの声が漏れた。

他の者ならフェイドの攻撃で死んでいる。モードレッドが無傷でいるのは純粋な技量の差だ。

受け流されたことで前方へと体勢が崩れて死に体を晒《さら》す。

そこに刃を潰された剣がフェイドの体を斬り裂くかの如く迫る。

――マズいっ!

フェイドは一瞬の判断で空いた片方の手を地面に付け、腕の力だけで飛んで回避した。

まさかの回避方法にモードレッドの目が見開かれた。

「これを避けるとはな」

「それほどでも!」

隙を突いて斬りかかるも、フェイドの手に持っていた剣を絡め取り弾き飛ばされた。

再び死に体を晒すフェイドに剣が迫る。

フェイドは焦ることなく、迫る剣を前に一歩踏み出した。

「なっ⁉」

下がるのではなく、前進を選んだフェイドに流石のモードレッドも驚愕《きょうがく》するしかない。

フェイドは一歩踏み出し、迫る剣の腹を左手で弾いて軌道を逸《そ》らす。剣が地面に突き刺さり、フェイドはモードレッドの懐へと素早く潜り込み、右腕を後ろに引いて拳を握って構える。

モードレッドの顔が焦燥の色に染まる。

このままでは――

対処しようとするも、剣の軌道を逸らされたことで体勢が大きく崩れていて対応できない。

フェイドの振り抜かれた拳がモードレッドの腹部へと直撃する。

「――が、はっ⁉」

鈍く大きな音が響く。

衝撃が体内を駆け巡り、肺の中の空気が吐き出される。

ここで決める！

地面を転がるモードレッドに追撃を加えるべく走る寄るフェイドだったが、あと数メートルというところで後方へと飛んだ。

すると、先ほどまでいた場所に剣閃が走る。

「ぐっ……まさかこれさえも避けるとは」

「危ないところだった。あと少し前に出ていれば模擬剣とはいえ、斬られていたところだ」

モードレッドは立ち上がる。

「剣を拾え」

モードレッドの様子を窺《うかが》うが、不意打ちなどはないと判断して剣を拾う。

フェイドの思考を読んだのかモードレッドが答えた。

「戦場ではどうあれ、試合でそのような卑怯《ひきょう》な真似《まね》はしない」

「そうだったな」

これは〝死合〟などではなく〝試合〟なのだ。

再び両者は対峙する。

様子を窺うモードレッドは考える。

このまま攻めても先ほどのように素手で受け流される可能性がある。自分を相手にそのような芸当ができるとは思いもよらなかった。

思わず口元に笑みが浮かぶ。

「楽しそうだな？」

「楽しいさ。私の剣を素手で受け流す者がいるとはな」

「剣の動きをよく見ていればできる」

それだけ言うと静かになる。

テスタや周りの魔族達もここまで熱い戦いになるとは思っておらず、固唾《かたず》を呑《の》んで見守っていた。

聞こえるのは小鳥の囀《さえず》りのみ。

そんな中、先に仕掛けたのはフェイドであった。

フェイドの姿が消えたかと思うと、モードレッドは素早く剣を盾にするように守りの体勢に入った。

直後、横から大きな衝撃がモードレッドを襲う。

そこからフェイドから放たれる剣戟の嵐。

モードレッドも負けじとその合間を突いて攻撃する。

両者ともに一歩も引かない戦いが繰り広げられていた。

「ほぉ。フェイドのやつ、モードレッドを相手によくここまで戦える。流石は黒の支配者というところか」

「ま、魔王様!?」

驚きの声を上げるもすぐに跪《ひざまず》き、周りの兵達も魔王であるエリシアの登場に即座に跪く。

「立って楽にしろ。お前達もこの試合を見たいだろうに」

言われて立ち上がった面々。目の前で繰り広げられる戦いを見てエリシアが感心するように言う。

「私では純粋な剣の腕ではモードレッドに敵わない」

「え？　魔王様でも、ですか？」

「うむ。モードレッドは魔族の中で頂点に君臨する最強の剣士だ」

「魔王様も認めているとは、流石師匠だ」

羨望の目が、戦っているモードレッドへと向けられる。

テスタはモードレッドのような技量はないが、速度だけは誰もが認めているほどに速い。

モードレッドの剣がフェイドの頬を掠《かす》めた。

ここにきて初めての負傷だ。

「傷を負ったのにどうして笑っている？」

「どうしてだろうな。ただ……楽しいという気持ちがある」

楽しいという言葉にモードレッドが「フッ」と笑った。

「同感だ」

互いに浅い傷ができていくが、多少の怪我《けが》程度なら魔法で簡単に癒えてしまう。

この程度の攻撃では深手は負わない。そう思っているのだ。

激しい打ち合いが続く中、状況を変えたのはモードレッドだった。

フェイドの剣が大きく弾かれた。勢いで剣を持っていた腕が上へと跳ねる。

死に体を晒すフェイドの体へとモードレッドの剣が振るわれる。

モードレッドの勝利。誰もがこの勝負は決したものと、そう思われた。

モードレッドすらも、そう確信していた。

だが、結果は違った。

モードレッドが剣を振るうよりも、フェイドが剣を手放す方が早かった。

「馬鹿な！」

そちらに気を取られ、フェイドに視線を戻し——消えていた。

「どこに——下かっ！」

見るもフェイドの姿はない。

ならば後ろ！

瞬間、モードレッドの背後から蹴りが飛んできた。

咄嗟《とっさ》に剣を盾にして防ぐ。そのまま力には逆らわずに飛んで受け流す。

着地と同時にフェイドは落ちてくる剣を掴《つか》む。

掴んだのと同時、フェイドは地を蹴った。

地面がひび割れ、一瞬で迫ったフェイドが剣を振るった。

「もらった！」

「甘いっ！」

迫る剣は見事に受け流されてフェイドの手から離れた。これすらも読んでいたフェイドは再び剣を手放し背後へと回り込み拳を振るった。

だが……

「お前ならそう来ると思っていた」

拳を避けたモードレッドは、地面に膝を突くフェイドへと剣先を突き付けた。

「私の勝ちのようだな？」

これが魔法の行使も可能なら圧倒できただろうが、これは純粋な剣技のみでの勝負である。

フェイドは両手を上げる。

「俺の負けだ」

フェイドは素直に負けを認めた。

試合が終わってから遅れて歓声と拍手が鳴り響く。

誰もが二人の上位者の戦いに見入っていたのだ。

そんな中、エリシアは考える。私は魔法なしでここまで戦えるのかと。

答えは否《いな》だった。

魔法を使えるからこそ今の自分がいる。魔法がなくてはモードレッドには勝てない。自分にそこまでの剣の技術がないから。

私もさらに強くならないと。

そう強く決心をするのだった。

3話　八魔将テスタ

手が差し伸べられたので、フェイドはその手を掴《つか》み立ち上がった。

「ありがとう」

「気にするな」

素直に感謝されたモードレッドがふっと笑う。

正直、彼に嫌味《いやみ》でも言われるのではないかと思っていたのだ。

「剣技だけだと俺はモードレッドに及ばないようだ」

「そう言ってくれると鍛えてきた甲斐《かい》があるというものだ。フェイドの剣はまだまだ素人《しろうと》同然だが、身体能力がそれをカバーしているようだな」

一瞬の判断で剣を手放し肉弾戦に持ち込む。これは並大抵の者ができる判断ではない。戦いの最中で剣を手放すことは、剣士や騎士にできることではない。

剣士や騎士にとって剣というのは、己を守る盾であり矛である。何より――〝命〟と同じだ。

「魔法以外でモードレッドに勝てそうなのは力業くらいしかない」

「謙遜するな。純粋な剣技のみの勝負なら私の勝ちだったが、魔法も交えた戦闘なら私の完敗だろう。フェイドには手も足も出ないはずだ」

モードレッドの言う通り、魔力、魔法を使った勝負ではフェイドの圧勝だ。だが、今回の戦いでフェイドは、力業では磨いてきた技術には勝てないと痛感した。

フェイドにとっても得たものは大きかったといえる。

だからモードレッドにお願いをする。

「時間がある時や暇な時でいい。俺に剣を教えてくれないか？」

「いいのか？　俺はお前より弱い。初めてお前の力を見た時に圧倒的なまでの実力差があると感じた」

モードレッドは的確にフェイドの実力を見抜いているからこその発言であった。

だがフェイドにとってはそんなことはどうでもよかった。

なぜなら……

「今以上に強くなるため、その道に長《た》けている者に頼むのはダメなことか？」

フェイドの言葉にモードレッドはあからさまに驚いた表情をする。フェイドほどの者なら「弱い者に教えを乞うつもりはない」という考えだと思っていた。

だからフェイドがこのようなことを言うとは思っていなかった。

思わず声を出して笑ってしまう。

「ふははっ、面白い。私がお前に、フェイドに剣を教えよう」

「助かる」

互いに握手を交わすのだった。

そんな二人へと声がかけられた。

「いいものを見せてもらった」

「魔王様！」

声をかけた人物がエリシアと気付いたモードレッドが勢いよく跪《ひざまず》いた。

「よい。立って楽にしてくれ」

言われてモードレッドは立ち上がる。すると嬉《うれ》しそうな表情でエリシアの後ろに立っていたテスタが興奮した様子で感想を話す。

「二人ともすごかったよ！　フェイドも、まさか魔法や強化もなしで師匠とここまで戦えるなんて」

「祝福《ギフト》のお陰だな」

するとテスタはフフーンとドヤ顔をする。

「モードレッドは強いでしょ！　黒の支配者っていっても魔力を使わなければモードレッドが一番強いんだから」

「ああ、強いな。純粋な剣技では勝てる気がしなかった」

フェイドは素直にモードレッドの強さを認めていた。魔力も使えば、勇者など余裕で倒せる実力がモードレッドにはあった。

エリシアがいなければ魔王になっていた男である。剣技のみでは魔族一の使い手であり、エリシアに魔力なしでは彼に勝てないと言わしめるほどだ。

「魔王様も認める魔族一の剣の使い手だもん！」

誇張などではなく、それが事実だと結果が物語っている。

「そのようだ」

周りの魔族も二人の戦いを見てモードレッドの強さを改めて実感していた。

加えて、フェイドの反応速度と基礎的な身体能力を見て驚いてもいた。それは魔族が身体強化をした時以上だったからだ。

モードレッドがテスタの頭を雑に撫《な》でる。

「な、何をするのさ!?」

モードレッドの方を向き恥ずかしそうにするテスタ。だがテスタには反応せずにフェイドを見て修練場にやってきた用件を尋ねる。

「それでお前はどうしてここに？」

「テスタに用がある」

その言葉だけでモードレッドは察したようだ。

するとエリシアが理由を説明する。

「私からフェイドにテスタと顔を合わせておくように言っていた」

「支配者を探しに行くから、その打ち合わせのようなものですね」

「そういうことだ」

エリシアが頷《うなず》いた。

モードレッドはテスタに視線を移す。話を聞いていたテスタはモードレッドから離れてフェイドに向き直る。

「ボクは第五軍団長のテスタ！　あらためてよろしくね、フェイド！」

笑顔で差し出された右手をフェイドは握り返す。

「ああ。こちらこそ」

「そうだ！　フェイドはこの後も暇なの？」

テスタに挨拶をした後は、のんびり散歩をしようかと考えていた。そのことを話すと、テスタの顔が喜色満面になる。

「つまり、暇ってことだよね!?」

「まあ、言いようによってはそうだな」

「ならボクとも模擬戦をやろうよ！」

テスタはフェイドへと期待の眼差《まなざ》しを向ける。

「フェイド。私はこの後予定がある。悪いがテスタの相手を頼みたい」

「やることもないんだ。それくらい構わない」

「助かる。テスタ、フェイドに迷惑をかけないように」

「はーい！」

「それでは魔王様、私はこれにて失礼します」

「うむ」

そう言ってモードレッドはエリシアに一礼してこの場を去っていった。残るのはフェイドとテスタ、エリシアに加えて兵士の面々。

そしてテスタはフェイドの手を引いて満面の笑みを向けた。

「じゃあ、今度はボクとも模擬戦をやろう！」

「その後は俺とも！」

「ずるい！　俺ともやってくれ！」

次々に声がかけられ、フェイドはやれやれと困りながらも了承した。

対峙《たいじ》するテスタにフェイドは質問をする。

「魔法の使用はどうする？」

「うーん、使いたいところだけど……」

テスタがエリシアの顔色を窺《うかが》う。

するとエリシアがやれやれと言いたげな表情で答えた。

「強化などの一部の魔法なら使って構わないが、死傷者が出る魔法や周囲に被害が及ぶ魔法の使用は許可できない。意味は理解できるな？」

「はい！」

「了解だ。流石《さすが》に本気で戦ったら魔王城が消えているさ」

「対魔法結界、物理結界を張っていてもフェイドならやりかねん」

エリシアはフェイドが本気を出せば魔王城など一瞬で瓦礫《がれき》の山――否《いな》。跡形もなく消し飛ぶことを知っている。

「ほどほどにしておくさ。念のためだが、周囲に被害が出ないように結界だけは張っておけ」

「この魔王《私》に命令するとはな」

「俺とお前は利害が一致して手を組んでいるだけに過ぎない。互いに利用して、利用されている関係だ」

「ふふっ。そうだったな」

フェイドの背を見送り二人が対峙したのを見てエリシアが指を鳴らす。

すると結界が二人を囲い、中と外で分断された。

「これで問題はないだろう。ただ、フェイドの力だと流石の私の結界でも破壊される。そこは気を付けて調整してほしい」

「理解している」

「では――始めっ！」

エリシアの合図でフェイドとテスタの試合が始まった。

「魔王様に認められたその力、見せてもらうよ！」

テスタが駆け出すも、そこに魔力の一切を感じ取れない。

なるほど。最初は魔力なしでどこまで戦えるか見たいのか。

フェイドの推測は当たっており、テスタは魔力なしでどこまで戦えるのかを確かめたかったのだ。

迫ったテスタは間合いに入ったのを確認して剣を振るった。

キンッと鋭い音が鳴り響き弾《はじ》かれる。

テスタは弾かれた勢いを利用して次の攻撃へと転じる。半歩下がることでギリギリ回避する。

「嘘《うそ》っ!?」

「当てが外れたか？」

「くっ！」

フェイドの振るった攻撃を受け止めたが、想像以上に重い一撃で数メートル後方へと飛ばされた。

それでもテスタの表情には余裕の笑みが浮かんでいる。

小柄なのに一撃一撃が重いな。流石は八魔将といったところか。

フェイドは猛攻を防ぎつつ、テスタを評価していた。

「なんで当たらないのさ！」

「そろそろ魔力を使ったらどうだ？」

「う、うるさい！　魔力を使わなくても！」

テスタの動きが一段と速くなる。

フェイントを使った攻撃や死角からの攻撃を行うが、そのどれもが躱《かわ》されたり、時には防がれてしまう。

魔力使っていないにしては中々の攻撃力と素早さがある。だが……

その程度ではフェイドに攻撃は届かないだろうな。

エリシアが心の中で呟《つぶや》いた。

事実、テスタの攻撃はすべて読まれていた。

フェイドが剣を振るったことでテスタが勢いよく吹き飛ばされた。それでも手加減された攻撃だ。

「ぐっ!!」

フェイドが全力で剣を振るっていれば、テスタの持っていた剣ごと折れて大きな傷を負わせていた。

ゆっくりと立ち上がるテスタの表情にはまだまだ笑みが浮かんでいる。

テスタはフェイドと戦っていて楽しかった。

テスタとこのように戦える者は八魔将でも数名しかいない。高い実力故に、相手にできる人が少ないのだ。

だからテスタは内心で喜んでいた。

強いなぁ……でも――

「ボクの本気はこれからだよ！」

ついにテスタは魔力を使うことにした。

そうでもしないと勝てないから。否。自分が楽しめないから！

「――ボクは一つの雷」

テスタの体がバチバチと帯電し始める。

テスタの二つ名は――『迅雷』。

眇《すが》められた目がフェイドへと向けられ――姿が消え、一瞬にして眼前に剣先が迫っていた。

速いな。

想像以上の速さにフェイドは内心で呟いた。

顔を逸《そ》らして避《よ》けると、雷を纏《まと》った剣がフェイドの頬を掠《かす》めた。

「へぇ……」

思わず感心してしまう。それだけ速く鋭い一撃だった。

テスタは目を大きく見開き後退した。

「避けられるとは思っていなかった」

「ここまで速いとは思わなかった。反応が遅れたら死んでいた」

余裕な態度を取るフェイドを見てテスタは頬を膨らませる。

「むきー！　ならこれはどう！」

雷を纏った剣を振るった。

「――飛電」

振るわれた剣から斬撃が放たれた。迫る斬撃は雷速の如き勢いでフェイドを引き裂こうと迫る。

流石にこれ以上は魔力を使わなければならない。

フェイドの持つ模擬剣に、陽炎《かげろう》のように闇が纏う。

それを振るうとフェイドの剣と斬撃が衝突する。衝撃波が生まれると思ったがそのようなことはなく、闇が斬撃を消し去った。

霧散するように消えた斬撃を見て、周囲の誰もが固まった。

「……え？」

テスタの口からは呆《ほう》けた声が漏れ出た。

「悪いな」

「ず、ずるいよ！」

「こういうものだと納得してくれ」

「むー！」

地団駄を踏むテスタからは年相応の可愛《かわい》らしさを感じる。

するとテスタは剣を突き付ける。

「いくよ」

そう告げたテスタが腰を低くし構える。

バチバチとテスタの体に激しい雷が纏う。

「――ッ！」

フェイドが一歩踏み込んで剣を振るった。瞬間、キンッと鋭い音が鳴り響いた。

「まさかこの一撃を初見で防ぐとは驚いた」

「勘だ」

「へぇ……ならどんどんいくよっ！」

テスタの姿が消え、雷の軌跡が描かれる。

一筋の雷と化したテスタがフェイドを何度も襲う。

何度も何度も攻撃を繰り出していたテスタは目を見開いた。

それは、フェイドがその場から一歩も動いていないということに。

「なん、で!?」

「そろそろ、その速さに目が慣れてきたところだ」

「ッ!?」

フェイドの発言にテスタが大きく距離を取った。

常人では追うことのできない速度。モードレッドですらギリギリ追うことができるかといった速度なのだ。

「どう、して……？」

「俺がテスタの速度についていける理由が知りたいか？」

「うん」

「俺の方が強いからだ」

「フェイドのバカ！　ボクは怒ったからね！」

激しく雷が迸《ほとばし》る。

獰猛《どうもう》な笑みを浮かべるテスタを見て、エリシアがやれやれと呆《あき》れた表情をする。

「まあ、フェイドなら問題ないと思うが……」

怒りで力が暴走するテスタを見て、後で叱ることにした。

「どうなっても知らないからね！」

瞬間、無数の雷が槍《やり》の形を成してフェイドへと放たれた。

かなりの威力があり、このままでは結界が破壊され、周囲の建物並びに周囲の人に被害が出てしまう。

迫る攻撃を見据え、手のひらを向けた。

「呑《の》み込め――深淵の渦《アビスフィア》」

迫る雷槍《らいそう》が、空間を歪《ゆが》めるようにして現れた漆黒の渦へと吸い込まれた。

目を見開いたテスタだったがそれも一瞬。直後にはフェイドの側面を取り、剣を振るう体勢に入っていた。

フェイドは剣を振るおうとして、テスタの口元に笑みが浮かんだのを見た。

「そう来ると思ってたよ！」

フェイドの剣が空を切り――その場を離脱した。

瞬間、先ほどまでフェイドが立っていた場所に雷が落ちた。

地面が黒く焦げ、小さなクレーターが形成されている。

「どんどん行くよ！」

次々とテスタがフェイドを攻撃し、攻撃した場所には雷が落ちて地面に穴を開けていく。

それでもフェイドには傷一つない。

速いが、フェイドはすべてを見切っていた。

「なんで！」

「視《み》えているからな。そろそろ俺からも仕掛けていいか？」

「できるものならね！」

テスタの姿が掻《か》き消《き》えた。テスタが移動したというのは雷の軌跡がそれを示していた。

フェイドが軌跡を目で追うなか、側面へと回ったテスタの一撃がフェイドを斬り裂こうと迫っていた。

取った！

だが――……

「視えていないとでも？」

迫った剣はフェイドによって受け流される。受け流されたことで大きく体勢を崩した。急いで体勢を立て直そうとして動きを止めた。

否。フェイドによって止められたのだ。

「体が、動かない……？」

テスタは自身の足に巻き付く漆黒の紐《ひも》を見た。

「なにこれ……？」

雷を放出させて抜け出そうとするがビクともしない。

すると声がかけられた。

「何をしようと無駄だ。それは黒魔法だ」

「黒魔法？　闇魔法じゃないの？」

エリシアも闇魔法だと思っていた。

闇魔法じゃない？　そういえば……

エリシアはフェイドと初めて会った時のことを思い出した。

黒龍《こくりゅう》のブレスを呑み込んだ魔法。

あの時と同じ黒い力。

「俺は闇魔法も使えるが、これは黒魔法。黒の支配者のみが使える魔法」

「――ッ!!」

「まだやるか?」

首元に突き付けられた剣先が鈍《にぶ》く輝く。

体が動くことに気付いたテスタは纏っていた雷を解いて剣を下ろした。

「ボクの負けだね」

負けたのにもかかわらず、テスタは先ほどの好戦的な笑みとは違い、満足そうな笑みをフェイドに向けた。

するとエリシアが近づいて声をかけてくる。

「良い試合だった。それでフェイド、今のはなんだ?」

エリシアはテスタの動きを止めた魔法のことを言っていた。

「体が全く動かなかったよ」

テスタもどういった魔法なのかを詳しく聞きたかった。

「テスタの動きを止めた魔法の名前は『貪り食うもの《グレイプニル》』。対象を拘束してその魔力を吸収してさらに強固になる」

ハウザーに使ったのもこの魔法である。

簡単に抜け出すことなど不可能。

「なんともまあ、理不尽な魔法だ」

「アレは抜け出せないな～」

呆れた表情をするエリシアと、笑っているテスタ。

フェイドはモードレッドと戦った時のことを思い出し、自分に足りないものがなんなのかを理解する。

今の俺に足りないのは技術か。

そこで周りを見ると多くの魔族達《たち》が、テスタとフェイドの模擬戦の感想を語り合っていた。

ここで技術を磨くのも悪くない、か……

フェイドはエリシアに尋ねる。

「エリシア。一ついいか？」

「ん？　どうした？」

「しばらくここにいる魔族を相手に試合をしていてもいいか？」

「構わないが、急だな」

「少し技術面を磨かないといけないと思ってな。俺は対人戦の経験が少ない。少しでも経験値を上げておきたい」

「なるほど。自由に使ってくれ。兵にもちょうどいい訓練になるだろう」

「助かる」

「魔王様。ボクも参加してもいいですか？」

「好きにしろ。数日はテスタに割り振る仕事は少ない」

「やったぁ！」

ジャンプして喜ぶテスタ。

「私は仕事があるから戻る。皆も励め」

エリシアはそう言ってその場を立ち去った。

残ったフェイドはみんなを見渡して告げる。

「さて、俺の訓練に付き合ってもらおうか」

こうしてフェイドは、テスタや兵達を相手に剣技や体術などに磨きをかけるのだった。

◇　◇　◇

翌日になり、フェイドはモードレッドが兵を訓練しているのを見かけた。

「モードレッド。俺も一緒にいいか？」

モードレッドは兵達に休息を取らせると向き直る。

「来たか。構わない。約束だからな」

昨日、フェイドはモードレッドに剣技を教えてもらうことを約束していた。

すると模擬剣をフェイドに渡す。

「では兵を休めている間にやろう」

「ああ。頼む」

「ではまずは素振りからだ」

フェイドは言われるがままに素振りを始める。

しばらくフェイドの素振りを見ていたモードレッドは、構えや体の動きなどを確認していた。

構えに関して文句はない。

それでもモードレッドから見れば素人だ。

「やめろ」

「どうした？」

「構えは人それぞれだから構わない。ただ、体の動かし方が素人だ」

「お前から見ればそうだろうよ」

「まずは私の素振りを見て学ぶことだ」

そう言ってモードレッドは素振りを始めた。

一振り一振りが研ぎ澄まされており、体が一切ブレることがない。

「見ていてどう思った？」

「一振り一振りが洗練されている。体の芯がブレていない」

フェイドの的確な感想にモードレッドは頷いた。

「まずは、これができるようになることだ。それから――」

モードレッドは一つ一つ丁寧に説明していく。

それから戦う時のコツ、剣の動かし方などを教わっていく。

「ふむ。呑み込みが早いな」

モードレッドは、剣技の型を一つ一つ確かめるフェイドを見て、その成長速度に驚いていた。

教えたことをすぐに実行できる人はそういない。

これが天性の才能か……

今後の成長が恐ろしいと思うモードレッド。

フェイドはモードレッドやテスタ、兵士を相手に着々と剣技や体の合理的な動かし方を身に付けていくのだった。


翌朝。フェイドの部屋にエリシアが訪ねてきた。

「フェイド、街に行くぞ！」

「急だな？」

「フェイドに街を案内していないと思ってな。訓練ばかりも飽きるだろう」

「飽きてはいない」

「私は魔王だぞ！」

「そうだな」

「むぅ〜！　少しは構ってくれと言っているのだ！」

恥ずかしかしさのあまり、エリシアは耳まで赤く染める。

だが、街を全く知らないのも事実。

案内してくれると言うのなら、その申し出を受けよう。

「仕事はいいのか？」

するとエリシアは、ふふーんと自慢げな表情を浮かべて答えた。

「実は昨日のうちに終わらせている！」

「まあ、それならいいが……じゃあ案内を頼む」

「うむ！」

フェイドの言葉にエリシアの顔に喜色が浮かぶ。

「では行くぞ！」

そして二人は魔王城の外へとやってきた。

街を歩きながらフェイドはエリシアに尋ねた。

「魔王がこうも街に出歩いていていいものなのか？」

「問題ない。民の暮らしを確認するのも魔王の務めだ」

「そういうものか」

「うむ。そういうものだ。ほら、突っ立っていないで早く行くぞ」

エリシアに手を引かれ、フェイドは街へと繰り出した。

魔族といっても、見た目が人間と変わらない者も多い。魔族には特徴的なツノなども人によってはない者もいる。あるのとないのとでは戦闘面などでも大きな差はない。

街を歩いているとエリシアは魔王であるからか多くの人から声がかけられる。

「魔王様のお陰で我々はこうして今日も元気です！」

「それは何よりだ」

「魔王様。よろしければ出来立てのパンをどうぞ」

「いただこう。モグモグ……ゴクッ……うむ。美味《おい》しいな」

「魔王様、こちらの新商品もどうぞ！」

次々とエリシアの周りに集まってきては商品などを渡していく。

困りながらも一人一人対応するエリシアの表情に疲れた様子はない。

「では私達はそろそろ行く。また声をかけよう。行くぞ、フェイド」

前を歩くエリシアの後をついていく。

街を歩いているとエリシアが再び呼び止められる。

「魔王様。こちらをどうぞ。焼き立てです」

店主はそう言ってエリシアに団子を差し出す。

「ほお。美味しそうだな。この者にも一本もらえるか？」

「はい。そちらの方は？　見ない顔ですね」

フェイドに団子を手渡す店主はエリシアにそう尋ねる。

「私に、いや、魔王軍に協力してもらっている。私より強く、魔族を救う希望でもある」

「なんと！」

店主どころか近くにいた者まで驚いている。魔族最強の存在であるエリシアが自分より強いと言っているのだ。

「頼もしいですね。お名前を聞いていませんでした。よろしければ伺っても？」

「フェイドだ」

「フェイド様、よろしくお願いします」

街のみんなも頭を下げる。

フェイドは頷き、エリシアと共にその場を後にする。

向かったのは街にある広場。

子供達が楽しく遊んでいる姿が目に入る。

すると一人の子供がエリシアを見て驚いた顔をしていた。

「ま、魔王様だ！」

「なんと！」

一斉にエリシアへと跪く面々。自国の王がいて跪かない者はいない。

「面を上げて楽にして構わん。皆が元気なようで何よりだ」

「とんでもございません！」

「すべて魔王様のお力があってこそです」

「我々をお守りくださりありがとうございます」

次々とエリシアへと感謝の言葉が告げられる。照れくさそうにしながらも、エリシアは対応していく。

少しして広場を離れ、城壁の上へとやってきた。兵が警備を行っており、エリシアが来たことに驚いていたが、慌てて挨拶をして警備へと戻っていった。

城壁の上を歩きながら王都デルザストの街並みを見渡す。

人間達ほどではないにしても、多くの魔族が行き来しており街は活気に満ちていた。

その光景を眺めながらエリシアは口を開いた。

「私はフェイドが協力してくれることに感謝している」

「互いに利害が一致したからに過ぎない」

「かもしれない。だが、それでもフェイドのお陰で多くの命が救われたのも事実だ。連合軍が東の海上から攻めてくることを知らなければ戦線は崩壊し、敵は王都まで迫っていただろう。それに中央戦線でもフェイドのお陰で多くの同胞が救われた」

フェイドは何も答えず、ただエリシアの話に耳を傾けている。

「私もフェイドに命を救われている。フェイドにとっては偶然だったかもしれない。だが私にとって、フェイドとの出会いは運命だったのだ」

「運命？」

「ああ。フェイドがいなければこの光景も見ることができなかっただろう。フェイドのお陰で民の笑顔を守ることができた」

嬉しそうな表情を浮かべるエリシアにフェイドは尋ねた。

「民から慕われているんだな」

その言葉にエリシアは一瞬だけ目を見開くも、次の瞬間には優しい笑みを浮かべて王都の街並みを見渡しながら口を開いた。

「フェイド、王とは何だと思う？」

すぐには答えられなかった。最初に思い浮かんだのは、己を殺そうとした傲慢で強欲な存在。民の未来を考えず、己の欲へと走るエゴイスト。

エリシアはフェイドの方を向き答える。

「私が思う王とは、誰よりも民を慈しみ、誰よりも民を愛するもの。そして、誰よりも強く生き、民を導く存在だと思っている」

真っすぐに見つめる彼女の瞳は、その心を表しているかのようであった。

「俺にはお前が眩《まぶ》しく見える」

真っすぐな心をしているから。復讐《ふくしゅう》をしようとしている自分の心は荒野のように荒《すさ》んでいる。

「私は復讐が悪いとは思わない。私だって親しい者や大切な人が殺されれば、復讐に身を焦がすだろう。それにこうして生きているのだ。このような負の感情、誰しも抱くことはある」

魔王らしからぬ慈愛に満ちた表情でフェイドを見つめる。

「人間によって民が殺され、戦いで多くの配下が死んでいった。私だってフェイドのように復讐したいという気持ちが少なからずある。何もこのような感情はおかしいことじゃない。なぜなら生きているからこそ抱く感情だ。生きるからこその権利だ」

「権利……」

「そう。でも私にはそうした感情よりも、もっと大事なものがあると思っている」

「大事なもの……？」

エリシアは澄み渡る空を見上げた。

「皆が分かり合い、価値観を共有し、笑って手を取り合える。誰も死なず平和で最良の営みに思いを馳《は》せる。そんな平和で誰もが笑って暮らせる世界を作るために、私は魔王になった。強くなった。皆が思い描き、私が思い描く理想郷を作るために。それが私にとっての大事なものだ」

振り返ったエリシアは悲しそうに笑った。

「死んでいった者達の想《おも》いもある。私は彼らの――いいや。同胞の想いを無下にはしたくはない」

フェイドは空を見上げる。

エリシアは同胞を救いたいから戦っている。誰もが笑って暮らせる理想郷を作るために。

「素晴らしいな」

「だろう？」

「ああ。とっても素晴らしいことだ」

「いつかフェイドにも復讐以外の生きる理由が見つかる時が来るだろう。その時を待てばいい。人生はまだまだこれからなのだから――……」

魔族と人間。種族が異なっても、生きる理由を見つけるのはいつからでもいいのだから。

「ほら、早く行くぞ。まだまだ王都を案内しきれていない」

「ふっ、そうだったな」

二人は再び街へと向かうのだった。

◇　◇　◇

魔王城に戻るとモードレッドがやってきた。

「魔王様、ご準備の方はよろしいのでしょうか？」

「そうだな。そろそろ行かないとか」

「はい。支配者は早めに対処した方がいいかと。テスタにも準備をするように伝えております。ですが、万が一もありますので、兵を連れていってはいかがでしょう？」

モードレッドの進言にエリシアは顎に指を添えて思考する。

相手がすでに軍勢を持っている場合、面倒くさいことになるだろう。だが、エリシアはフェイドに顔を向けた。

「その時はフェイドに何とかしてもらう」

「確かに、フェイドの持つ闇の軍勢の方が強いか」

「納得するな。俺の魔力が続く限り軍勢は蘇《よみがえ》る。それでも支配者を前にしたら無意味だろうな。ニーグルムのような強さがないとすぐに死ぬさ」

「ニーグルム？」

まだ人前では人間形態の黒龍、ニーグルムを見せたことがない。

「紹介しよう。――来い」

フェイドの呼びかけに応じて空間が揺らめいて闇が一カ所に凝縮する。そこから現れた影のような存在はフェイドへと跪く。

「お呼びでしょうか？」

影が晴れ、姿を現す。

ニーグルムである。初めて見たエリシアとモードレッドは、ニーグルムから放たれる大きな気配に思わず身構える。

様子を窺っているが油断も隙もない。

「ニーグルム。気配を抑えろ」

「はっ。申し訳ございません」

一瞬で気配が霧散する。

「立て」

ニーグルムが立ち上がり、フェイドが二人に向き直る。

「黒龍のニーグルムだ」

「初めまして。主《あるじ》の忠実なる配下の一人、ニーグルムです」

一礼をする。

「黒龍、あの時フェイドが召喚したやつか」

「その通りだ。名を付けたらこうして人型になった。何かあればニーグルムもいる。心配は要らない」

「厄災の龍がいるのなら、私の心配は杞憂《きゆう》だったか」

「だけど相手は支配者だ。油断はできない」

「だな」

すると話を聞いていたニーグルムが質問をしてきた。

「主よ。質問をしても？」

フェイドは頷くことで許可する。

「相手は支配者なのでしょうか？」

答えたのはフェイドではなく、エリシアだった。

「その通りだ。私の配下が北西部で黄の支配者らしき魔族の存在を確認した」

「なるほど。ではその討伐ということですね？」

「違う。私が仲間にほしいのだ」

「小娘。支配者という存在を理解していないのか？」

一変。ニーグルムの気配が変わった。向けられる目を前に、エリシアはその目を見て答えた。

「私は魔王だ。どのような手を使ってでも同胞を守り、民を導く義務がある。そのためならどのような者であろうと強者であれば仲間に引き入れたいのだ」

「……主よ。いいのですか？　他の支配者は敵なのですよ？」

「構わない。エリシアがそう望んでいるなら、手を組んだ以上協力するしかない」

「主がそう仰《おつしや》るのなら構いませんが……ですが」

「ああ。分かっている。どうにもならなかったら殺すまでだ。だからお前も協力しろ」

「はっ。仰せのままに」

跪くニーグルム。主の命令というのなら従うしかない。

「戻れ。また呼ぶ」

そう告げてフェイドはニーグルムを闇へと戻した。

「こういうことだ。無暗に攻撃しないから安心してほしい」

「お前を信じよう」

「初めて人型になった黒龍を見たが、以前よりも力を増していたな」

「名付けをしたからな。お陰で戦力強化ができた」

「聞いていたよりも随分と強そうだった。以前の比じゃないだろうな」

エリシアは戦った時の黒龍を思い出した。その時よりも遥《はる》かに強くなっていた。

「ニーグルムといったか。私が全力を出しても勝てないだろう」

モードレッドは、フェイドを見て思う。一人でこれだけの力を有していいのだろうかと。

それでもフェイドの矛先がこちらに向かないことを祈るばかり。

「フェイド。テスタを連れて準備と現地での行動のすり合わせを行う。行くぞ」

出発は明日に迫っており、確認などは必要だ。

ましてや今回の相手は、白の支配者であるラヴァンに次ぐ二人目となる黄の支配者。念入りに進める必要があった。

部屋を出ていったエリシアとフェイド。部屋に残ったモードレッドは、二人の出ていった扉を見つめる。

「フェイド。お前の力が我らに向くことになれば私は容赦しない。すべては魔王様と、同胞を守るために――……」

◇◇◇

フェイドとエリシア、テスタは一室にいた。今後の準備と到着してからの動きを話し合うために。

「テスタ。新しい情報は入っているか？」

「こちらが新たに部下が入手してきた情報です」

テスタは一枚の用紙を取り出し手渡した。

用紙に目を通したエリシアは驚いたように目を見開いた。

「どうした？」

「フェイドも読め」

用紙を受け取って内容に目を通す。そこに書かれていた内容を見てエリシアが驚いた理由を察した。

「すでに軍を持っているとは……まあ、予想通りか」

「予想通り？」

「魔王軍を警戒して軍くらいは持っているだろう、とな」

「ふむ……」

エリシアは顎に指を添えて思案する。

フェイドの言うことは尤《もっと》もだ。魔王軍《こちら》を警戒して軍くらいは用意するだろう。だとしても、人間と争っているにもかかわらず個人で軍を保有している。

「人間と戦っているというのに協調性がないというのも厄介なものだ」

愚痴るエリシアにフェイドとテスタも同意する。

「だが支配者というのは他と変わった理念を持っている」

「それはフェイドの持論か？　同じ支配者だからそう思うのか？」

「そうだ。白の支配者であるラヴァンは信者だったが、ただの信者ではない。あの目は狂信者のそれだ。俺だって復讐者だ」

「つまり、支配者はどこか狂っているっていうの？」

テスタの言葉にフェイドは頷いた。

「そういうことだ。気を付けるに越したことはない」

「だな。フェイド、黄の支配者は雷系統といったな？」

「ああ。予想だけどな。まあ、ニーグルムに聞けば分かるだろ」

するとフェイドの影からニーグルムが現れた。

ニーグルムの登場にテスタが驚く。

「――誰っ!?」

一瞬で距離を取るテスタにエリシアが現れた男の正体を伝える。

「テスタ。そう殺気を立てるな。この者はニーグルム。フェイドの配下で、黒龍と言えば分かるだろ？」

「こ、黒龍？」

「小娘。我はニーグルム。驚かせたようで申し訳ない」

謝るニーグルムにテスタは殺気を収める。

「いや、ボクの方こそ早とちりしてごめんなさい。まさかあの黒龍だとは思わなくて……」

「なに。人の姿をしているのだから勘違いして当然だ」

それからニーグルムを交えて話をすることになった。

席に座るようにエリシアが促すも「配下として主と同じ席には座れない」と拒否するニーグルム。フェイドも座るように言うも同様に拒否した。

無理に命令することもできるが、フェイドはニーグルムがそれでいいならと判断した。

「お前が知っている黄の支配者について話せ。俺も詳しくは聞いたことがなかったからな」

「承知しました」

そうしてニーグルムは黄の支配者について話し始めた。

黄の支配者はフェイドの予想通り、雷系統を自在に操ることができる。その力は強大で、テスタの使う雷魔法を大きく上回る。

万雷の雷を操るその者は支配者の中でも強く、最も移動速度と魔法行使速度が速いとされる。

「男性だと報告が上がっております」

「テスタ、それは本当か？」

「はい。金髪で獅子《しし》のように腰まで伸びる髪、動物が獲物を見るような鋭い目つきをしていると」

「雷公か……」

すると心当たりがあるのか、エリシアが思い出したかのように呟いた。

「雷公？　知っているのか？」

フェイドの言葉にエリシアは頷いた。

「アスファル・ヴェースト。またの名を——【雷公《らいこう》】」

「エリシアの知っているやつか？」

「私だけではない。多くの者がやつのことを知っている。強者でありながら、我らに力を貸そうとはしない異端者だ」

「異端者、か……」

復讐者、狂信者、異端者と支配者の祝福《ギフト》持ちは他と変わっている。

「何度も協力を要請したが、その度に断られた。まさかアスファルが黄の支配者だったとはな……

その強さの理由も納得できるというものだ」

何度か協力を得ようと試みたが追い返されてしまった。

「まあ、この話は道中にでもすればいいだろう。今は準備の話だ。テスタ、どれくらい進んでいる？」

「すでに完了しています！　魔王様のご命令があればいつでも行けます」

「ふむ。予定通り出発するとしよう」

「はい！　では私は皆に伝えてきます」

「頼む。出発は明日の朝だ」

「了解です！　ではボクは行ってきます！」

そう言ってテスタは足早に向かっていった。

残った二人は静かにお茶を飲む。

カップを置く音が部屋に響き、フェイドが立ち上がる。

「俺はやることもないからゆっくりしている」

「そうか。では明日に」

フェイドが出ていくのに合わせてニーグルムも付き従うようにして部屋を出ていった。

出ていった扉を見つめる。

「フェイドがいれば大丈夫だとは思うが……」

どうしても不安が拭えないエリシア。

「はぁ……考えても何も変わらないか」

そう思うことにした。

それに、もし悪い方向に向かったとしても、フェイドが何とかしてくれると思うのだった。

◇　◇　◇

翌朝、魔王城の広場にはフェイドとエリシア、テスタの他に八魔将の面々が見送りへと来ていた。

「ネロ」

名前を呼ぶとフェイドの影が広がり、そこから一匹の黒銀色のドラゴンが空へと飛んだ。

地面に降り立つと、ネロは首を下げて乗りやすい姿勢をとる。

「ニーグルムではないのだな」

ネロを見たモードレッドの言葉にエリシアも頷いていた。

「流石にニーグルムは目立つからな。これから黄の支配者のところに行くのに、ニーグルムで向かえば威圧になる。攻撃をされたら面倒だ」

「それもそうか」

「フェイド、前よりも強くなってる？」

アゼッタの言葉にフェイドは名付けをしたことを説明した。

「理解した」

「理解が早くて助かるよ」

「名付けをした魔物は相応の魔力を支払えば強化されるわ」

「エレオノーラか。名付けについて知っていたのか？」

「当然よ」

エレオノーラは「でも」と続ける。

「支配者については全く。知らないことだらけね」

支配者については謎が多く、様々な書物を読《よ》み漁《あさ》っているというエレオノーラでさえ分かっていない。

「フェイドの体を調べさてくれれば分かるかもしれないけど？」

「勘弁してくれ。それに調べさせるつもりはない」

「強情ね」

エレオノーラは「まあいいわ」と引き下がった。話すことがないと分かったフェイドは先にネロへと飛び乗る。

「事前に伝えた通り、私はしばらく魔王城を空けることになる。その間の指示はモードレッドに従え。他はそのサポートをできるだけするように」

モードレッドにアゼッタ、エレオノーラが瞬時に跪いて「はっ」と返事をする。

それを見て満足そうに頷いたエリシアはネロへと飛び乗った。

「テスタ。魔王様に迷惑をかけないようにしろ」

「もう！　モードレッドはボクのことをなんだと思っているのさ！」

「私から見ればテスタはまだまだ子供だ」

「子供じゃないもん！　もう立派な大人だよ！」

頬を膨らませるテスタ。

「テスタはまだ子供」

「そうね。モードレッドの言う通り、テスタはまだまだ子供ね」

「もう、二人ともなにさ！」

アゼッタとエレオノーラにも子供扱いされていた。二人から見てもテスタはまだ幼い子供だった。

するとモードレッドが一歩前に歩み出る。

「魔王様の言うことをしっかり聞くように」

「当然だよ！」

モードレッドはテスタの返事に満足そうに笑みを浮かべ頭を撫でた。モードレッドに撫でられたテスタは嬉しそうに笑った。

モードレッドはネロに乗るフェイドを見る。

「魔王様とテスタのことを頼んだぞ」

「ああ。俺にできる範囲でだけどな」

「ふっ。お前がいれば安心だ」

それだけ言うとモードレッドは一歩下がった。

「フェイドにテスタ、往《ゆ》くぞ」

エリシアに言われ、フェイドがネロに指示を出すとゆっくりと翼を羽ばたかせて飛び上がった。

一瞬で魔王城の上空まで行くと、そこから目的地である北西へと向かって移動を開始した。

「行ったか」

「ええ。行きましたね」

「……うん」

モードレッドとエレオノーラ、アゼッタがネロの飛んでいった方を見ていた。

「フェイドがいれば安心だ」

「あなたにしては随分とあの人間を信頼しているのね？」

エレオノーラはモードレッドに尋ねた。エレオノーラはフェイドのことをまだ信頼しきっていなかった。それはフェイドが人間ということもあるが、それよりもまだ話す機会が少ないからだ。

フェイドの人間性がまだ分からなかった。

「剣を合わせてみて分かったが悪いやつではない。今は復讐に囚《とら》われて視野が狭くなっているのだろうな」

「復讐、ね……いいことはないと思うけど」

復讐は何も生まない。それは誰もが理解できることだ。ただ……

「身内を目の前で惨殺されたのだ。やつの怨恨は私達でも理解できない」

「そうね……」

エレオノーラの呟きは空へと消えていったのだった。

◇　◇　◇

現在、フェイドとエリシア、テスタはドラゴンの背で空の旅を満喫していた。

「ふむ。やはりドラゴンの背から見る景色はいいな。フェイドもそうは思わないか？」

「そうだな。普段見ている景色とはまた違った良さがある」

「ボクも同じだよ！　それに風が気持ちいい！　ちょっと強いけど」

フェイドが風を軽減する魔法を展開する。

「ありがとうフェイド」

「これは助かる」

二人に感謝されたフェイドは「そうか」とだけ答えてネロの背で横になる。

照れ隠しをするフェイドを見て、今までに見ることのない反応にエリシアとテスタは目を見開き、少ししてふふっと笑った。

しばらくしてフェイドが起き上がりエリシアに尋ねる。

「エリシア。あとどのくらいで到着する？」

「そうだな。ドラゴンでの移動ってことを考えると、二日しないで着くだろう」

「ならそれまで暇になるのか」

「私はやっとできた暇な時間だ。有効活用しよう」

「この前俺に街を案内してくれたが？」

「ち、違う！　アレは業務の一環だ」

そっぽを向くエリシアを一瞥《いちべつ》する。

魔王として民の暮らしを見る。そう言っていたのはエリシアでそれ自体は嘘《うそ》じゃない。

ただ他にあるとすれば、フェイドに王都の素晴らしさを見せたかった。

そんなエリシアの気持ちに気付かないフェイドは再びネロの背に寝そべった。

エリシアとテスタはフェイドが横になるのを見て、同じく横になって目を瞑《つぶ》った。今までエリシアは寝る時間も惜しんで仕事をしていた。

加えて配下に指示を出すなど、多忙な毎日を送っていた。

このようにゆっくりできる時間など久しぶりであった。

晴れ渡る空、心地よい風が肌を撫でる。

悪くない、な……

日々の疲れが押し寄せてきて瞼《まぶた》がゆっくりと落ち始める。

「二人とも、暗くなったら起こしてほしい」

「はい！」

「分かった。こんな天気でも上空は冷えるだろうからこれでも使ってくれ」

そう言ってフェイドは空間に現れた三十センチほどの闇に手を突っ込み、そこから一枚の毛布を取り出して横になっているエリシアへとかけた。

エリシアはフェイドがこのようなことをするとは思っていなかったために、思わず顔をそちらに向けてしまった。

それに加え、どこからともなく毛布を取り出したフェイドの魔法だ。聞こうとしてテスタが先に尋ねた。

「フェイド、その魔法は!?」

「ああ、これか」

そう言って再び三十センチほどの闇を出して手を突っ込み、そこから枕を取り出した。

「これは亜空間と繋《つな》がっている収納の魔法だ」

「収納の魔法か。闇魔法なのか？」

フェイドは首を横に振って否定する。

「これは黒魔法だ。魔族の闇魔法でも同様のことはできるだろ？」

「できるけど、魔力の消費が激しいから少量しか入らない。空間に入る量が多くなれば、それに応じて魔力の消費が多くなる。常に魔力を使用しているから、その分効率が悪い。それは魔力の消費はどうだ？」

「そうだな。収納できる量は魔力量に応じて大きくなる。闇魔法の収納魔法と違うのは、常に魔力を消費せず、取り出したり仕舞《しま》ったりする時に少量の魔力を消費する」

「支配者の祝福《ギフト》はよく分からないな」

「だな。眠いんだろ？　そろそろ寝たらどうだ？」

中々答えないエリシアに、そちらを向くと眠そうな目だがジッとフェイドを見ていた。

「どうした？」

「いや。思ったより優しいところがあるのだな、と思ってな」

「俺だって良心や優しさくらい持ち合わせている」

フェイドの発言にエリシアは可笑《おか》しそうに笑った。

「連合軍を殲滅《せんめつ》した冷酷な男が、良心や優しさを持ち合わせているとは可笑しな話だ」

「いいからさっさと寝ろ」

「ふふっ、ではそうさせてもらおうか」

「魔王様、周囲の警戒はこのボクに任せてゆっくりお休みください」

ふふーんと胸を張るテスタにふっと笑い、エリシアは目を閉じた。

「そう警戒する必要もない。ゆっくり体を休めておくように……」

「はい！」

程なくしてエリシアから規則正しい寝息が聞こえ始めた。

気持ちよさそうな表情をしていた。

フェイドがのんびりしているとテスタが声をかけてきた。

「ねえ、フェイド」

「ん？」

「どうしてフェイドは魔王様に協力することにしたの？　理由を聞いたけどどうしても納得できなくて。それだけの力があれば、魔王軍だって倒せたはずだよ？」

テスタはフェイドの底の見えない力と、影に潜む軍勢を感じてそう言ったのだ。

その影に潜む軍勢も、気配だけで魔王軍以上の戦力を秘めていると感じていた。それ故の発言だった。

「俺は魔王軍になんの恨みも持っていない。家族を殺されたわけでも、親しい友を殺されたわけでもない。何もされていないのに敵意を持つのは見当違いってものだ」

他者に八つ当たりをしても何も生まない。

「そっか。フェイドが敵じゃなくて良かった」

フェイドが敵だった場合、魔王軍は容易に壊滅していた。

テスタは気持ちよさそうに寝ているエリシアを見て、再びフェイドを見る。

「ボク、孤児だったんだ」

急な話にフェイドは何も言わずに静かに聞く。

「住んでいた村が連合軍の領土侵攻で壊滅して……一人生き残ったボクは王都で孤児として暮らしていたんだけど、そこを師匠に、モードレッドに拾ってもらって」

当時孤児だったテスタはモードレッドに拾われ、剣を教えてもらいながら魔王城で暮らすようになった。エリシアの側《そば》でその働きを見てきた。

民のために、同胞のためにと挫《くじ》けず、先頭に立って導こうとする姿を。

「そんな魔王様の力になれたらと頑張ってきた。八魔将になってさらに力になれたらって。だからフェイドも魔王様に協力してくれてボクは嬉しいよ」

ニコッと無邪気な笑みを向けるテスタにフェイドは片目で一瞥し、再び目を瞑って口を開いた。

「誰もが幸せであってほしいと。その感情はきっと間違いじゃない。エリシアの抱く理想は素晴らしいことだ。決して間違いなんかじゃない」

「うん！　そうだよね！」

敬愛する王のエリシアが認められたことが嬉しかったテスタは満面の笑みで頷いた。

数時間ほど空を飛んでいると、テスタが聞いてきた。

「ねえ、フェイド」

「……どうした？」

「その生き方、辛《つら》くないの？　アゼッタも心配していたよ」

間が空く。テスタはフェイドがこの質問には答えないと思っていた。

理由も最初に会った時に聞いている。だから答えないと思っていたのだ。

それでもフェイドは答えた。

「……俺のせいなんだ。俺が弱かったせいで、みんなを守れなかった」

「そんなの違うよ！」

その通り。死んだのはフェイドのせいではない。

だが……

「それでも俺が弱かったのが原因だ。何もかも俺が弱かったから引き起こったことだ」

テスタは何も言わない。ただ、フェイドにその質問をしたことが悪いと感じており表情は暗い。

フェイドがテスタの頭を撫でる。

「きゅ、急になにさ！」

「お前が気にすることじゃない」

「でも……」

「俺達は利害が一致しただけの関係。俺がお前達を利用し、お前達が俺を利用する。そういう関係だ。だから気にするな」

「……うん。ボクはフェイドと戦いたくないよ」

「俺も戦わないことを祈っている」

そしてフェイドは徐《おもむろ》に右手を空へと伸ばす。

「俺のこの力は復讐のためにある」

そう言って伸ばした右手を強く握りしめたのだった。

こうして黒の支配者と黄の支配者の邂逅《かいこう》は迫りつつあるのだった。

あとがき

みなさま、はじめまして。WING《ウイング》です。

もし他レーベルの私の作品を知っている方がいればお久しぶりです。

この度、打診をいただきムゲンライトノベルス様から本書を出させていただくことになりました。

誠にありがとうございます！

私はダークファンタジーが好きでしたが、いざ書こうとしたとき、どのような作品がいいのか悩んでしまいました。

様々なダークファンタジーを読み、アニメを観ましたが、結局は「自分が好きなように書けばいい」という結論に至りました（笑）

読者のみなさま、楽しんでいただけたでしょうか？

本作品は、勇者に家族が殺された主人公フェイドが人類の敵である魔族と手を組んで復讐するというシンプルな内容です。

タイトルも分かりやすく「勇者断罪」とこちらもシンプルです。安直に付けたのですが、思いのほか気に入っています。

お気に入りの場面、展開などはありましたか？

私が特に好きなのは黒龍が中央戦線に登場する場面です。僕も男の子ですのでやっぱりドラゴンは大好きです。カッコいいですよね！

黒龍の強さを表すのと、敵がどうやって絶望するのかを考えました。ですので、登場シーンで黒龍の絶対強者感を出すための表現を頑張りました。

私自身、満足した登場シーンが書けたのではないかと思います！

私自身の小話を。

私の趣味はバイクでカフェを巡ることですが、ここ数ヵ月は忙しくてバイクに乗れていません。

やっぱりバイクのツーリング動画を見ていると乗りたくなっちゃいますね（笑）

私の持っている免許は中型ですので、動画を見ていたら「やっぱり大型いいな〜」と毎回思ってしまいます。

二泊三日とかで旅したいなとか考えています（笑）

これ以上話してしまうとページが足りなくなってしまうので、この辺りで終わらせていただきます。


本作品に携わってくださいましたみなさまに謝辞を。

担当編集のK様、H様。打診をいただき、さらにはより良い作品にしようとアドバイスをしていただきありがとうございます！

イラストレーターの海鼠《なまこ》先生。個性豊かな登場人物、素晴らしい表紙、挿絵を描いていただき本当にありがとうございます！

また、『勇者断罪』の制作・流通・販売に携わっていただいたみなさま。心より感謝申し上げます。

そして何より、本作をお手に取っていただいた読者のみなさまに心より感謝を！

それでは二巻で再びお会いできることを祈りつつ。

フェイド

フェイド
(幼少期)

レイ

グレイ

イレーナ

アゼッタ

エリシア

黒龍

ムゲンライトノベルスをお買い上げいただきありがとうございます。
作品へのご意見・ご感想は右下のQRコードよりお送りくださいませ。
ファンレターにつきましては以下までお願いいたします。

〒162-0822
東京都新宿区下宮比町2-26 KDX飯田橋ビル 5階
株式会社MUGENUP ムゲンライトノベルス編集部 気付
「WING先生」／「海鼠先生」

MUGEN Light novels

勇者断罪
～ギフト《闇の力》が覚醒した俺は闇の軍勢を率いて魔王と共に勇者と人類に復讐する～

2023年7月31日　第1刷発行

著者：WING
イラスト：海鼠

発行人　伊藤勝悟
発行所　株式会社MUGENUP
〒162-0822 東京都新宿区下宮比町2-26 KDX飯田橋ビル 5階
TEL：03-6265-0808（代表）　FAX：050-3488-9054
発売所　株式会社星雲社（共同出版社・流通責任出版社）
〒112-0005 東京都文京区水道1-3-30
TEL：03-3868-3275　FAX：03-3868-6588
印刷所　株式会社シナノパブリッシングプレス

カバーデザイン◉spoon design（勅使川原克典）
編集企画◉異世界フロンティア株式会社
担当編集◉門脇佳祐　星森香

Printed in Japan
ISBN 978-4-434-32273-0 C0093

モブな主人公
～小説の中のモブは カワイイけど問題がある～

バッド
イラスト・ぐりーんたぬき

ムゲンライトノベルスより
好評発売中！

俺はただのモブキャラに転生したんだぞっと

俺は転生したんだぞっと。
小説を原作としてゲーム化にアニメ化までした『魔導の夜』の世界に、だ。
ただしメイン級のキャラクターではなく、ただのモブに。
それも本編ストーリーには全く出てこない、
もはやモブですらないかもしれないキャラに転生してしまったんだ。
ある日幼稚園で魔物に取り憑かれた同級生の暴走に巻き込まれてしまう！
俺でもなんとかなるんじゃないか、と思って戦いを挑むも腕を切られて満身創痍。
『ジョブを決めてください』
ふと、ゲーム開始時に見たことあるメッセージ表示が浮かぶ。
生き残るために選んだジョブ『神官』で窮地を脱するが、
この選択が意図せずして『魔導の夜』の展開を変えていってしまうのであった。

定価:1496円 (本体1360円+税10%)